# JACQUES II

A

## SAINT-GERMAIN.

❧ I. ❧

PARIS. — IMPRIMERIE LE NORMANT,
Rue de Seine, 8. F. S. G.

# JACQUES II

### A

## SAINT-GERMAIN

**PAR M. CAPEFIGUE.**

## PARIS.

DUFÉY, LIBRAIRE, RUE DES MARAIS S. G. 17.

M DCCC XXXIII.

C'est en écrivant l'*Histoire de la Restauration* que la pensée de cet essai m'est venue. Il était impossible de ne pas étudier et comparer deux révolutions qui se touchent et se séparent par tant de points. Plusieurs hommes distingués ont tenté ce rapprochement avec toute la hauteur d'un travail historique ; je ne l'ai osé que dans les proportions d'un roman.

Je prie donc qu'on prenne ce livre pour ce qu'il veut être, une certaine manière de reproduire les hommes, les choses, les passions, les intérêts de la dernière révolution d'Angleterre, une forme en quelque sorte pour personnifier ce chiffre de 1688, et pour le rendre saisissable à tous.

Je demeure dans la nature de mes études sérieuses; notre époque n'en veut pas d'autres. Au fond de quelques scènes d'invention, restera l'histoire avec son grand caractère; ce n'est pas moi qui l'aurais abîmée sous le mensonge et les fausses couleurs. Chaste et noble fille, elle n'a besoin que d'elle-même pour plaire à une génération de science et d'avenir.

# JACQUES II

A

## SAINT-GERMAIN.

# Les Fiançailles
## de M. le duc de Chartres.

———

— 1692. —

« QUE s'est-il donc passé à la cour de Saint-
Germain ? Leurs Majestés d'Angleterre ne
viennent pas ce soir à Versailles ! Voilà neuf
heures et demie ! s'écria M. de Gèvres,
comme premier gentilhomme de la cham-

bre; c'est sérieux. Il faut qu'il y ait quelques bonnes nouvelles de Londres!

— Le prince d'Orange aura été tué ou enlevé, répondit le duc d'Uzès.

— Ou le **parlement** aura fait sa soumission, ajouta le duc de Saint-Simon; et il faut que les parlemens se soumettent.

— Vous savez que l'Irlande et l'Écosse sont soulevées : tout se prépare pour une restauration de cette noble race. La reine d'Angleterre verra son front paré du diadème, » reprit M. de Lauzun avec un enthousiasme chaleureux.

Plusieurs courtisans sourirent à cette exclamation, et les dames se cachèrent sous leurs éventails.

« La soumission est la seule chose faisable : il faut que les mutins mettent bas les armes ! dirent en chœur, pour être bien entendus du roi, plusieurs chevaliers des ordres.

— Avec des conditions, répliqua la duchesse de Lesdiguières, qui avait de vieilles traditions de Fronde.

— Certainement il faut que le roi Jacques assure les priviléges de la noblesse, » s'écria M. le prince avec vivacité.

Ceci se passait dans un des splendides appartemens de Versailles, le soir du dimanche-gras 1692. La longue galerie qui joint le pavillon du centre du côté de l'aile droite, fraîchement décorée par Mignard, resplendissait de l'éclat de mille lustres et girandoles à bougies vertes et jaunes, comme des cierges d'église. Des tapisseries des Gobelins représentaient, ici, Diane punissant la curiosité d'Actéon; là, Cérès, les cheveux épars, à la recherche de Proserpine; ici, de jeunes bergers, la flûte en bouche, le chapeau à trois cornes, la culotte courte, mettant oiselets en cage pour les offrir à d'élégantes bergères en vertugadins; plus loin, une chasse au sanglier, la meute des chiens haletans, des seigneurs à cheval, à grande perruque, l'épieu en main; puis la chaste Suzanne et les deux lubriques vieillards; David et Goliath. Sur le tout, le magnifique soleil et la devise *Nec pluribus impar!* comme pour rappeler le roi fastueux.

Au bout de cette galerie était un appartement plus riche que tous les autres; il n'était qu'or, pour me servir de la langue de

M<sup>lle</sup> de Scudéry. Quand on avait traversé la galerie, où l'on rencontrait çà et là quelques parties d'ombre et de lansquenet, on arrivait dans une large pièce carrée : sur le côté était un grand lit paré, surmonté de plumes; le bois était en noyer; les tentures en damas vert, drapées de points de Hollande ; et il y avait dans cette chambre concours de courtisans, qui tous parlaient, s'agitaient, riaient souvent en se moquant, quoique la présence de Louis xiv imprimât partout un respectueux silence.

De quoi s'agissait-il donc? à quoi attribuer ce grand murmure, ces moqueries de cordons bleus et de ducs et pairs? Il faut vous le dire : le duc de Chartres, fils de Monsieur, épousait M<sup>lle</sup> de Blois, bâtarde du roi et de M<sup>me</sup> de Montespan ; et cela donnait à gloser. On blâmait tout bas cette passion du roi pour élever ses bâtards : la fille de M^{me} de La Vallière avait épousé un prince du sang; voilà celle de M^{me} de Montespan à qui on donnait un fils de France et propre neveu de Louis xiv. Où cela s'arrêterait-il? On savait que MADAME, princesse fière, digne de sa maison, avait refusé son consentement; elle avait même souffleté son fils, le duc de Chartres, pour n'avoir pas su résister. MONSIEUR, prince faible, honteusement débauché, avait cédé à l'ascendant de Louis xiv, et un peu plus à celui de M. de Lorraine, son mignon : ce qui faisait dire à M. de Roquelaure que c'était, par tous les côtés, une affaire de maîtresse.

Sur un fauteuil à bras en damas bleu de ciel, relevé de fleurs de lis, le roi était placé tout auprès du lit dont j'ai parlé. Louis xiv n'était plus jeune, car il avait dépassé sa

cinquantième année : son large chapeau à
plumes, son riche habit pailleté, son justaucorps de soie bleue, de riches manchettes
de la manufacture royale de points de Hollande, qu'il venait d'établir; tout, jusqu'à
sa longue canne à pomme d'ivoire, relevait
la beauté naturelle de ses traits et ses formes
grandes et nobles. A ses côtés, et également
dans un fauteuil, était une femme plus
vieille que le roi; il est si difficile de pré-
ciser l'âge d'une femme! Elle était envelop-
pée d'une mante de soie noire; sa coiffure,
quoique plus modeste, se ressentait un peu
d'une ancienne liaison avec Ninon de Len-
clos; elle portait un large éventail avec lequel
elle couvrait presque toujours sa figure. Le
roi n'était occupé que d'elle; il penchait
sans cesse sa tête pour lui parler. Elle était
sèche, maussade, grondeuse, ennuyée surtout. Je n'ai pas besoin de dire que cette

femme était M^me de Maintenon, alors à son
apogée de faveur. Elle tenait sur ses genoux
une toute frêle personne de quatorze ans,
avec sa petite coiffe de mariée au lit, toute
serrée de taille comme dans un maillot. La
pauvre petite tremblait de tous ses membres, en fixant de temps à autre ses regards
sur le roi et sur MADAME surtout, qui, les
yeux rouges, ne se tenait plus de colère.
M^me de Maintenon cherchait à la rassurer :
« Ne craignez rien, mignonne, lui disait-elle;
le roi vous protége, et M. de Chartres vous
aime »; et la pauvre M^lle de Blois continuait
à trembler, car M. de Chartres ne faisait pas
attention à elle, et MADAME la menaçait de
son éventail.

Au milieu de ce grand concours de courtisans, les uns debout, les autres assis sur
des plians et des tabourets, comme ducs et

pairs, chevaliers des ordres, restaient deux fauteuils vides, l'un à côté du roi, l'autre un peu derrière M<sup>me</sup> de Maintenon.

Louis xiv paraissait impatient; il avait mandé Barbezieux, ministre de la guerre : « Y a-t-il quelque chose de nouveau, lui dit le roi à voix basse, sur les affaires d'Angleterre; car comment expliquer le retard de Leurs Majestés?

— Rien, Sire, si ce n'est l'arrivée de M. L'loyd, qui s'est rendu à Saint-Germain, et le roi Jacques est depuis l'après-dînée enfermé avec son agent secret.

— Avec son agent secret, Barbezieux ! et vous n'êtes informé de rien! Je n'aime pas savoir mes affaires à demi. Je m'étonne que Pontchartrain n'ait pas su la mission

de l'agent : j'aurais désiré la connaître
par d'autres que par le roi d'Angleterre
lui-même. »

Louis xiv dit ces mots avec vivacité.
M. de Barbezieux cherchait à s'excuser, lorsqu'un bruit de carrosse se fit entendre dans
la cour; et, du bout de la grande galerie, on
annonça Leurs Majestés le roi et la reine
d'Angleterre.

Jacques ii était un peu au-dessus de la
taille moyenne; ses traits, réguliers et
pâles, avaient quelque chose de la noble
race écossaise, sérieuse et pensive, qui se
dessinait chez tous les Stuarts. Ses vêtemens étaient simples : il portait un chapeau gris à larges bords, à plumes de couleur verte et rouge; des bottes en peau de
daim venaient, s'élargissant en calice, jus-

qu'au milieu des cuisses; son justaucorps, fort serré, était surmonté d'une espèce de fraise; et, par-dessus tout, un court manteau jeté négligemment sur ses épaules. La reine d'Angleterre avait été belle, et ses traits conservaient l'indicible expression des filles d'Italie; elle n'était plus alors que pieuse et modeste. On la disait digne de la béatification; et l'abbé de la Trappe l'avait affiliée je ne sais à combien de congrégations de son ordre sévère.

En entrant dans le salon, dans ce monde de ducs et de cordons bleus, la reine jeta un regard plein d'expression sur M. de Lauzun. Était-ce simple reconnaissance? était-ce vieux souvenir d'amour pour ce gentilhomme, qui s'était attaché à elle comme ces preux paladins du moyen âge se dévouaient à leur dame, à leurs périls et à leur noble infortune?

Derrière Leurs Majestés était une de ces
figures de prêtres douces avec des yeux de
feu : sa démarche témoignait une de ces hu-
milités qu'on retrouvait surtout dans l'ordre
des jésuites; son costume, en effet, apparte-
nait à cet ordre. Il se tenait loin de S. M. le
roi Jacques, comme le plus indigne de ses
suivans : c'était le père Péters. Il s'approcha,
en passant, du père de La Chaise, et le salua d'un de ces saluts, sorte de génuflexion
religieuse que les jésuites multipliaient dans
la hiérarchie de leur ordre.

Lorsque Louis xiv eut entendu annoncer
le roi et la reine d'Angleterre, il se leva, fit
quelques pas en avant : les deux princes
s'embrassèrent; mais le roi Jacques si bas,
qu'on aurait dit qu'il se mettait à genoux.
M^me de Maintenon prit également la reine
par la main et la conduisit à son fauteuil :

toutes deux se firent trois grandes révérences, comme on se le devait entre têtes royales, tant la veuve du pauvre Scarron était alors montée en faveur! La reine d'Angleterre se mit tout juste derrière M^me de Maintenon, dans le fauteuil vide. Elles causèrent piété, de la nécessité *du salut*, des sermons, de Molinos, de Sorbonne et de l'abbé Arnauld, de Saint-Cyr, et d'*Esther*, que M^me de Maintenon venait de *commander* à Racine.

« Nous vous attendons avec impatience, dit Louis XIV au roi Jacques; nous vous attendons, Sire, car vous avez promis de donner la chemise de marié à mon neveu le duc de Chartres. Madame, ajouta-t-il, en s'adressant à la reine, s'est également engagée pour ma nièce.

—Votre Majesté, répondit Jacques en mau-

1.

2

vais français, de manière à faire sourire tous
les courtisans, peut tout exiger de moi;
mais je suis si malheureux et si indigne devant Dieu, que je gâterai la destinée du
jeune prince; à qui vous adressez-vous?
N'ai-je pas été soumis à trop d'épreuves pour
mes désordres! Que me reste-t-il? une couronne d'épines et le cilice de la pénitence!

— Oui, le cilice de la pénitence, répéta le
père Péters.

— Vos malheurs sont à leur fin, répliqua le
roi de France; Barbezieux et M. de Pontchartrain vous diront tous les préparatifs
que je fais contre le prince d'Orange. Je
porterai moi-même la guerre en Hollande ;
une descente est préparée pour l'Angleterre;
je veux que votre restauration s'accomplisse
par mes armes avant la fin du printemps.

— Je l'espère ainsi, dit Jacques en reprenant; tout se prépare en Angleterre, et les
amis de la royauté dans les trois royaumes
me mandent que les lords et les communes
seconderont le mouvement. M. L'loyd est
arrivé, et j'ai discuté toute la soirée sur
le *jus divinum* qui constitue ma prérogative; j'ai écrit plusieurs déclarations pour
prouver que le parlement n'a pu prononcer ma déchéance; les lords et les communes ont-ils eu le droit de déclarer le
trône vacant et la monarchie héréditaire?
*nemo est heres viventis.* Consultez Bodin,
*de reipublicá,* et le chancelier Bacon *de
jure regiœ.* Ma prérogative est de droit
divin, je la défendrai ; je penche donc
pour l'avis de lord Melfort : point de concessions; j'aurai ma couronne, je la con-
querrai intacte, et s'il le faut, l'épée à la
main !

— Toujours des mouvemens d'orgueil, Sire! dit le père Péters à voix basse. Après les grands efforts tentés par l'auguste volonté du roi de France, ne serait-il pas temps de renoncer à des biens terrestres pour la couronne céleste? Quels désordres! de combien de concupiscence n'avez-vous pas à implorer le pardon! » Et le père Péters jeta alors les yeux sur milord Henri, fils naturel de Jacques.

« Hélas! vous avez raison, révérend père, reprit le roi; qu'est-ce qu'une couronne à côté des mérites de Jésus-Christ ! Mais je ne désire régner en Angleterre que pour le bien et le triomphe de la religion.

— Le point de la prérogative royale ne peut être abandonné, Sire, reprit Louis xiv; il serait bien que Votre Majesté se débarrassât du parlement. Tous vos milords,

toutes vos communes contrarient le pouvoir du trône en son essence.

— Expulsez l'hérésie », ajouta M^me de
Maintenon, ce qui lui valut un pieux sourire du père de La Chaise.

Et pendant que cette conversation se pro-
longeait ainsi, M^me de Maintenon avait
donné ordre pour que la cérémonie nuptiale
commençât. La reine d'Angleterre s'était
approchée de la petite M^lle de Blois encore
toute tremblante sur les genoux de M^me de
Maintenon, et l'avait prise dans ses bras
pour la porter sur le lit à plumes; M. de
Chartres, triste comme un jour d'immolation, s'était ôté tous ses premiers vêtemens, et le roi d'Angleterre s'avança gravement pour le revêtir de la chemise de fin
point de Hollande. Les deux mariés se cou-

chèrent en présence du roi et de toute la
cour; le cardinal de Bouillon, qui s'était
également fait attendre, bénit le lit à
voix haute, tandis que le roi Jacques à
genoux, flanqué des pères Péters et de La
Chaise, récitait le bréviaire de l'ordre de
la Trappe. Alors Racine déclama un épitha-
lame en l'honneur des heureux époux; 
rien n'y était oublié : l'Olympe, les nym-
phes, Mars, Louis xiv, la fille des dieux et de
Nérée, M^lle de Blois, et pour dernier trait,
Minerve et M^me de Maintenon.

Ce qui faisait dire encore à M. de Roquelaure : «Racine n'est pas des amis de
MONSIEUR et de son mignon de Lorraine; 
autrement, en toute sa mythologie il n'aurait pas omis Ganymède.»

Quand Louis xiv eut prononcé ces mots :

« Bonsoir, mon neveu », toute la cour s'écoula
peu à peu, et une demi-heure après on ne
vit plus dans le château de Versailles que
ces lueurs aux fenêtres qui annonçaient les
appartemens du roi et la salle des gardes.

# La Chasse.

—

Qui ne connaît le château de Saint - Germain, avec son architecture superposée, qui forme comme une belle page de l'histoire de l'art, ces grandes tours percées à meurtrières, ces immenses bâtimens de moellons rouges à

la manière de François I<sup>er</sup>, ces escaliers en
colimaçon, où montait l'homme d'armes,
l'arbalète en mains, cette cour ovale pavée
en pierres aiguës, ces larges couloirs aujour-
d'hui si solitaires, ces grandes pièces qui
nous reproduisent si bien les foyers du
moyen âge, où le soir le chapelain lisait les
effrayantes histoires de revenans, du diable
et du sabbat; alors la demoiselle devisait
d'amour, racontait les vieilles prouesses; et
puis cette épaisse forêt avec ses arbres cen-
tenaires, ces rendez-vous de chasse, ces ma-
res d'eau où le cerf aux abois venait s'age-
nouiller tremblant! Oui, tout naguère faisait
encore illusion, même ces gardes du corps
qu'on avait logés dans ce vaste château,
comme pour y laisser quelque chose de sa
vieille grandeur, et jusqu'à ce concierge
bavard qui montrait à la jeune fille aux
yeux baissés, l'escalier dérobé par lequel

Louis xiv se rendait la nuit chez M^{me} de La Vallière.

Eh bien, dans ce château on entendait depuis le matin six heures, par une froide matinée de février, le retentissement du bruit du cor et cet aboiement discordant de la meute impatiente qui me réjouit tant, moi cependant qui ne cours pas le cerf et le daim; plusieurs valets, en livrée verte aux armes d'Écosse et d'Angleterre, tenaient en laisse une dixaine de chiens de la grande vénerie royale aux ordres de M. de La Rochefoucauld; ces pauvres bêtes avaient les yeux fixés sur le fouet pendu à la ceinture de maître James, vieillard aux traits amaigris et qui avait passé sa vie dans les curées; il n'était pas un seul chien, depuis Taillot jusqu'à Fanfarot, qui ne connût la voix de maître James; lorsqu'il grondait, le méchant vieillard, vous eussiez vu ces pauvres animaux, rampans comme des couleuvres, l'oreille basse, rasant la terre de leur nez.

Le jour venait de paraître, et maître James, qui ne voyait pas au-delà de la sphère de sa meute, fut tiré de sa préoccupation par un bruit d'armes : Taillot aboya d'un de ces sons déchirans qui sentent le fouet.

« Mauvaise bête, dit maître James, te voilà encore avec tes cris de peur ! sentirais-tu le sanglier ou le bois du cerf ! » et il lui lança un vigoureux coup de fouet.

« Bien frappé, maître James, dit un jeune garçon qui tenait quelques chiens en laisse ; et certes je regrette bien que la permission de donner des coups ne me soit pas accordée par une patente royale, mes limiers en auraient de beaux. »

Et en ce moment défilèrent dans la cour ovale environ 150 hommes armés comme de simples soldats; leur uniforme était celui de Royal-Bourgogne; ils portaient un chapeau à trois cornes, comme les dragons; de longs habits dont les basques pendaient jusqu'aux talons; ils avaient de fortes bottes : trois ou quatre officiers les commandaient.

« Voici quelque chose qui va déranger notre chasse, dit maître James; que viennent donc faire ces soldats de Sa Majesté Très-Chrétienne à cette heure? Je crois que nous pouvons dételer nos chiens; Taillot, tu ne courras pas aujourd'hui ! »

Et la pauvre bête, comme si elle compre-

nait son maître, jeta sur lui un regard timide, fit un demi mouvement du tronçon
de sa queue; car elle n'osait pas s'abandonner à une joie complète, tant était
grande la peur d'offenser le méchant vieillard.

« Vous avez raison, James, continua le
petit Jeffrey; et ce gros fainéant de Taillot
se réjouit. Ces Messieurs nous sauvent de
la corvée. Je viens d'entendre dire par John,
le concierge, que ces soldats ne sont pas tels
que le montre leur uniforme : ce ne sont pas
des milices de France, mais de purs gentilshommes d'Écosse.

— Nous sommes dans le carnaval, ils se
sont donc déguisés? s'écria maître James.
Nous croient-ils en train de rire et de nous
griser d'ale et de porter!

1.

— Ce n'est pas cela, dit Jeffrey : voyez-vous, ces gentilshommes se sont faits soldats par loyauté ; et, pour ne point causer trop de dépenses à notre roi Jacques, ils ont pris du service en France comme simples dragons, et ils demandent à passer la revue du roi notre Seigneur.

— Qu'ils soient les bienvenus ! répliqua James. J'aime les chiens de bonne race : il y en avait une belle meute à White-Hall, n'en déplaise à ce damné de prince d'Orange et aux très-honorables membres du parlement ! »

Pendant ce temps la troupe s'était rangée en bataille, ses officiers en tête, dans cette cour du château qui dessine le chiffre gothique de Diane de Poitiers : leur attitude était silencieuse et grave, tandis que la joyeuse fanfare annonçait le départ de la chasse.

S. M. le roi Jacques descendait le grand escalier, suivi de piqueurs à grandes livrées, joyeux de courre le cerf ; et les chevaux piaffaient dans la cour, impatiens de s'élancer dans les épais sentiers de la forêt. Quand le roi fut sur le perron, et qu'il aperçut cette troupe de soldats rangés en bataille, et qui lui rendaient les honneurs militaires, il s'adressa à lord Melfort :

« Que me veulent ces soldats du Royal-Bourgogne ? que demandent-ils de moi ?

— Je ne sais, Sire. Mais que vois-je ? le vicomte Dundee est à leur tête, revêtu de l'uniforme français ! »

Le vicomte Dundee était fils de ce Claverhouse, qui était mort vaillamment en défendant la cause légitime en Écosse. Dès qu'il eut aperçu le roi Jacques, il s'approcha de lui et fléchit le genou, comme il le devait à son gracieux souverain.

« Voici les cent cinquante baronnets ou chevaliers, Sire, qui ont conservé la loyauté envers notre légitime monarque : pour toute faveur ils demandent à passer la revue de Votre Majesté, car ils n'ont plus que quelques jours de liberté; ils entrent tous comme simples soldats au service du roi de France. »

Jacques leva les yeux au ciel : « Que la sainte volonté de Dieu soit faite, dit-il, braves et nobles gentilshommes! Un jour viendra où je pourrai reconnaître votre loyauté! Milord Melfort, décommandez les équipages de chasse : ce ne peut être une journée de plaisirs que celle où tant de sujets loyaux se sacrifient pour leur souverain. Telle est l'impression que je ressens, continua le roi, que, s'il plaît jamais à Dieu de me rétablir sur mon trône, il est impossible que je puisse oublier vos services et vos souffrances. Vous allez entreprendre une longue route : j'ai pris soin, ajouta Jacques les larmes aux yeux, que vous soyez pourvus de bas et de souliers. »

Un cri, ou pour mieux dire un soupir de *God save the king*, fut la réponse des braves Écossais.

Et le roi, marchant précipitamment, son chapeau à la main, s'avança vers chacune des lignes : puis il se faisait nommer chacun de ces gentilshommes, les inscrivait sur une espèce de calepin, avec la désignation du comté auquel ils appartenaient. Quand cette

longue revue fut finie, le roi se mit sur le
front de la ligne, se découvrit ; puis, pen-
sant qu'il n'avait pas fait assez d'honneur à
ces nobles sujets, il revint sur ses pas, se
découvrit encore ; et, par un sentiment élec-
trique, tous ces gentilshommes mirent un
genou en terre. Alors le roi se prit à pleurer
sur tant d'infortunes ; et, s'appuyant sur le
bras de lord Melfort, monta lentement l'escalier du château.

Et il y avait parmi cette troupe émue un
brave et loyal cavalier, le capitaine Ogilvie :
or, lorsque le roi eut franchi le seuil de la
porte, le beau et vaillant capitaine se prit à
chanter la ballade suivante :

« Ce fut pour notre roi légitime que nous quittâmes la terre d'Écosse, ma belle, que nous quittâmes
la terre d'Écosse !

« Maintenant que nous avons fait tout ce que les hommes peuvent faire, ma belle, que tout a été fait en vain, mon amie et ma terre natale, adieu, car il me faut traverser la mer, ma belle, car il me faut traverser la mer ! »

Il se retourna du côté de l'Irlande, à droite, puis à gauche; il donna une secousse à sa bride :

« Adieu, adieu pour toujours, ma belle; adieu pour toujours !

« Le soldat retourne de la guerre, le marin de la mer; mais moi j'ai quitté mon amie, pour ne plus la revoir, ma belle, pour ne plus la revoir ! »

Les braves Écossais répétaient en chœur ce refrain de la ballade :

« Pour ne plus la revoir ! pour ne plus la revoir ! »

Et les chiens aboyaient; maître James et Jeffrey ressaisissaient leur laisse. Taillot, ne s'expliquant pas bien ce contre-ordre, qui le ramenait sans curée et sans coups de fouet, rasait la terre et jetait un coup d'œil dérobé sur ces uniformes qui remplissaient la cour: en entrant dans sa cahutte, la pauvre bête fit un petit mouvement de son tronçon de queue, comme pour exprimer la joie de n'avoir été battue qu'une seule fois dans la journée.

# Le Conseil.

---

Lorsque Jacques II rentra au château, plusieurs personnages se promenaient dans un vaste salon et sur l'épais tapis de haute-lisse qui couvrait le parquet. L'un d'eux, qui portait l'ordre de la Jarretière, avait le

maintien grave et réfléchi : c'était lord Midletton, pair de la Grande-Bretagne, conseil-
ler privé de Sa Majesté. A ses côtés, et causant avec lui, un autre personnage également
revêtu de l'ordre de la Jarretière : son caractère, plus vif, plus pétulant, se montrait à
travers des gestes animés; on le saluait du
titre de lord Melfort. Plus loin, et se tenant
à l'écart par respect, se trouvaient une jeune
fille et deux hommes. La jeune miss pouvait avoir dix-neuf ans; elle était brune, et
brunie plus encore par le soleil. Je pourrais
dire qu'elle avait une chevelure soyeuse, un
œil de femme, et tant d'autres belles choses
qu'on répète en vers et en prose; mais je
je n'ai pas la tête assez poétique. La jeune
miss avait une de ces physionomies qui ra-
content les grandes vicissitudes et les grands
dévouemens de la vie. Elle paraissait occupée dans une discussion très-animée avec un

personnage à formes douces, conciliantes ;
un de ces hommes enfin qui, porteurs de paroles à tous les partis, s'habituent à ne plus
se passionner pour rien et à faire des concessions sur tout.

A ses côtés, et se promenant souvent à
grands pas, était une physionomie singu-
lière ; et nous, qui avons vécu dans un temps
de guerre civile, nous pourrions la comparer à quelques unes de ces belles figures de
chouans ou de Vendéens de Guérin ou de Gi-
rodet. Anna Perkins ( c'était la jeune miss ),
fille de William Perkins, l'un des jacobites les
plus ardens des trois royaumes, s'était dé-
vouée à la cause des Stuarts, et cela sans
intérêt, par un de ces sentimens de femme,
héroïsme plus grand, plus sublime, puis-
qu'il est privé de cette puissance physique
qui soutient le cœur de l'homme et qui

s'affaiblit dans un frêle corps. A l'âge de seize ans, Anna avait déjà parcouru l'Écosse, l'Irlande, réveillant partout les souvenirs de loyauté, appelant les montagnards et les catholiques aux armes. Douce, simple, timide dans les rapports habituels de la vie, elle était fière, résolue, superbe pour sa cause : sa vie n'était rien, car elle l'eût perdue sur l'échafaud pour les Stuarts. Qu'était-ce, en effet, que la vie pour un cœur d'héroïsme ! Elle était accompagnée de M. L'loyd, agent secret de Jacques, et l'homme de sa confiance royale : toutes les missions difficiles lui étaient confiées; il passait sans cesse de France en Angleterre, et d'Écosse en Irlande; il se présentait chez les partisans de Jacques II, les rapprochait lorsqu'ils paraissaient se diviser. C'était un esprit fort accommodant, mais qui avait contracté de ses missions secrètes cette ha-

bitude d'intrigue et de mouvement qui gâte
les plus nobles caractères.

Sir Georges Barclay (c'était le nom du
troisième personnage) avait un cœur de
guerre civile : son avis était toujours l'attaque de vive force, l'enlèvement du prince
d'Orange, la prise d'assaut de Wittehall et
de la Tour. Tout le soin de M. L'loyd était
de réprimer cette impatience de caractère
qui compromettait les amis de la cause des
Stuarts.

La pendule marquait une heure lorsque
le roi Jacques entra dans la pièce, accompa-
gné d'un jeune homme de vingt-trois à vingt-
quatre ans, blond, à grands traits, à longue
chevelure, comme nous voyons ces belles
figures de Stuarts dans les tableaux de Van-
Dyck. Ai-je besoin de nommer le duc de

Berwick, fils naturel de Jacques, et qu'il avait eu de milady Churchill à cette époque de la vie où, noble et galant imitateur de Charles II, il se consacrait aux plaisirs et à la galanterie? Hélas! il expiait cette époque de jeunesse par les macérations de la Trappe.

Le père Péters accompagnait encore le roi, car rien ne se faisait au conseil sans son avis.

Miss Perkins fléchit le genou, et Jacques l'accueillit par un gracieux sourire.

« Lord Melfort, dit le roi, que tout le monde prenne un siége, sans distinction de tous ces fidèles serviteurs. Eh bien! L'loyd, expliquez-nous la position de nos pauvres et loyaux sujets d'Angleterre.

— Le jour de la restauration ne peut être loin. Jamais vous n'avez eu plus d'amis. Lisez, Sire »; et le roi prit de ses mains une lettre en forme de charte. A peine en avait-il reconnu le caractère, que des larmes coulèrent de ses yeux : « Quoi! la princesse Anne, ma fille bien-aimée, vient à repentir !

— Anne! murmura Barclay à voix basse, la Tullie d'Angleterre! impossible. »

Le roi continuait à lire à demi-voix :

« J'ai fort désiré, mon père, quelque oc-
« casion sûre de vous présenter mes humbles
« et sincères devoirs et soumissions, et de
« vous prier d'être assuré que je suis vérita-
« blement affligée du malheur de votre si-
« tuation. Je sens, comme je dois, combien

« il est cruel pour moi que vous puissiez
« m'accuser d'y avoir contribué. Si nos
« souhaits pouvaient réparer le passé, il y
« aurait long-temps que j'aurais expié ma
« faute. Je sens que j'aurais éprouvé un
« grand soulagement à pouvoir trouver les
« moyens de vous faire connaître plus tôt
« mon repentir. »

— Pauvre fille, dit Jacques, le remords la
tourmente !

— Que n'était-elle demeurée catholique !
ajouta le père Péters.

— Le remords ou la peur de nos succès !
s'écria Barclay.

— Et ma fille Marie ? dit Jacques avec
inquiétude.

— Toujours la même, inflexible sur les droits de la couronne, qu'elle prétend légitimement acquise !

— Erreur de droit, M. L'loyd, reprit le roi avec vivacité ; le parlement n'a pu la déférer.

— Au reste, ajouta l'agent, voici des lettres de lord Sunderland.

— De Sunderland ! s'écria sir Georges ; du favori du Satan des trois royaumes ! C'est un traître à écarteler ! Je ne serai content que lorsque ses quatre membres seront pendus à la Tour ou à la cathédrale de Saint-Paul, à côté de la tête de Churchill !

— Il n'est pas possible de se servir de lord Sunderland, dit le père Péters : c'est un apostat qui, après avoir embrassé notre

sainte religion pour plaire à Votre Majesté,
est revenu à l'hérésie comme gage de fidélité à Guillaume.

— Et qui plus est, un concordant, ajouta
lord Melfort; un de ces hommes qui veulent
que la couronne fasse des concessions : le
roi doit entrer dans la plénitude de sa prérogative.

—Oui, la plénitude de ma prérogative, répéta Jacques; elle procède *de jure divino*,
et je la transmettrai *per integritatem rei* à
mon fils le prince de Galles. Milords, ce qui
m'embarrasse, c'est la déclaration : en voici
plus de six modèles; j'ai compulsé les archives, les statuts des Plantagenets, des York,
et ceux de ma famille; j'ai envoyé la solution
des questions religieuses aux docteurs de
Sorbonne et à M. l'évêque de Meaux : c'est

un cas de conscience, et l'abbé de la Trappe en décidera.

— Pourtant, Sire, c'est quelque chose que la question des priviléges de l'Église anglicane, dit lord Midletton ; il faut bien reconnaître qu'il n'y aura de restauration possible que si Votre Majesté admet le clergé anglican, et si ses bénéfices sont aussi fortement assurés que votre couronne.

— Mieux vaudrait renoncer à toutes les couronnes, s'écria le père Péters, que de transiger avec l'hérésie !

—Il ne s'agit pas de faire un pape, répondit M. L'loyd avec assez de vivacité, mais de faire un roi! Sa Majesté doit accorder de larges concessions à ses sujets protestans :

c'est l'opinion de lord Churchill, de Russell,
et du grand nombre des amis de la royauté
qui soutiennent ses droits dans les trois
royaumes. Songez qu'aucun Anglais ne se
rangera sous la bannière Jacobite, si la question de l'Église n'est résolue; c'est le moment
d'agir fortement et de concert, car nous
pourrons avoir la flotte et l'armée.

— Et qu'importe le succès, dit le père Péters, dans cette vie de passage! »

Jusqu'ici miss Perkins avait gardé le silence : elle contemplait la figure de son roi,
pour lequel elle s'était si noblement sacri-
fiée; ses yeux se portaient avec plus d'attention encore sur les beaux traits du duc de
Berwick. C'était sans doute une simple admi-
ration pour le sang de ses maîtres; car, que
pouvait-elle espérer, elle, pauvre fille de

baronnet, héroïne de guerre civile? Et cependant mille idées roulaient dans sa tête;
elle rougissait toutes les fois que ses yeux
rencontraient ceux du duc de Berwick; puis
elle regardait M. L'loyd, comme pour se
mettre sous la protection de sa prudence.
Pourquoi son cœur éprouva-t-il un batte-
ment si vif lorsqu'elle entendit M. L'loyd
proposer que le duc de Berwick se rendît en
Angleterre pour préparer le mouvement jacobite? Hélas! elle ne voulait sans doute que
donner des preuves de son dévouement :
elle était glorieuse, la jeune miss, de guider
le fils de son maître!

« Voilà qui est bien, s'écria sir Georges
en regardant le duc de Berwick; milord
nous guidera dans notre attaque de vive
force! Il est du sang de pure race! Nos amis
Hungate et Knigthly n'attendent qu'un

signal : faut-il attaquer l'orange pourrie à Hyde-Park ou à Wittehall ?

— Plus de calme, sir, dit M. L'loyd; il ne s'agit point de ces entreprises désespérées; le duc de Berwick verra nos amis politiques, les lords des trois royaumes, et jugera des faits.

— Avec tous vos ménagemens, L'loyd, nous serons encore aux mains des caméléons du conseil et du parlement, de ces hommes qui ont crié : Vive Charles I$^{er}$ ! vive le croupion ! vive le protecteur ! vive le prétendant ! vive le prince d'Orange ! et qui crieront vive le roi Jacques ! — De la poudre et du plomb ! et avec cela nos Irlandais et nos montagnards ! »

Ainsi s'exprimait Barclay, en portant la

main à la dernière touffe de cheveux qui
restait sur sa tête.

Et ici le roi intervint : « Sir Georges, dit-
il, je remercie vos amis du zèle qu'ils me
montrent; je vous donnerai une patente
royale ainsi qu'à d'autres loyaux sujets pour
faire la guerre à force ouverte au prince
d'Orange. Quant au duc de Berwick, il me
rendra plus de services sous la conduite de
M. L'loyd. »

Sir Georges fronça le sourcil tout en saluant le roi, comme marque d'obéissance
respectueuse; il murmura entre ses dents:
« Ce n'est pas ça, ce n'est pas ça! » et il se
retira si brusquement, qu'il coudoya miss
Perkins, tout émue de joie de ce qu'elle
venait d'apprendre, que le duc de Berwick
suivrait M. L'loyd.

Le duc, avec toute l'impatience d'un jeune homme, serra la main à sir Georges : « Nous nous retrouverons; dites à Hungate que je serai bientôt avec lui aux Trois-Couronnes dans Westminster; j'aime trop l'odeur de la poudre pour ne pas brûler quelques amorces contre la garde hollandaise.

— Suffit, milord, nous vous y attendons. »

Et le duc de Berwick, se retournant, donna la main avec une froideur polie à miss Anna pour la conduire dans la pièce à côté; elle était rouge, tremblante, la jeune fille; elle avait affronté mille dangers; elle avait osé braver vingt fois la mort; le canon de la Boyne n'avait pas jeté un seul nuage sur ce front d'ange : hé bien! la voilà main-

tenant avec un jeune homme, elle le suit,
elle est émue, ses genoux fléchissent. Dites-
moi : est-ce simple respect pour le fils de son
maître? Oh non! jeune fille, il y a quelque
chose de plus fort dans cet entraînement!

# Souvenirs de guerre.

---

ET nos braves Ecossais faisaient retentir la forêt de Saint-Germain du refrain de la ballade :

« Pour ne plus la revoir, ma belle, pour ne plus la revoir ! »

Nobles gentilshommes, ils s'étaient assis autour des grands arbres séculaires; et là ils dépeçaient quelques pièces de gibier que le roi Jacques leur avait envoyées de ses chasses.

Le vin circulait autour des tables champêtres, et avec lui coulaient les souvenirs de la patrie, ces impressions de l'enfance, ces vieilles prospérités du manoir; on disait ses amours de l'Ecosse, et le capitaine Ogilvie rappelait gaiement les guerres de cavaliers au temps de Charles II de galante mémoire.

« Voici l'anniversaire de la bataille de la Boyne, triste défaite pour la loyauté! s'écria Magdonald.

— Elle fut trahie, abandonnée, reprit Ogilvie.

— Et qui peut espérer quelque chose des Irlandais? répondirent plusieurs voix.

— Des papistes et des épiscopaux, et par-dessus tout des Français! dit Magdonald avec humeur.

—Chut! chut! nous sommes sur leurs terres et nous buvons leur vin! reprit Ogil-vie en portant une large coupe à ses lèvres, et il est bon.

— Cela n'empêche pas que Lauzun, Rosen et ses Français n'aient fait grand tort à notre loyale cause, dit un jeune Écossais.

— Ne parle pas de Lauzun : il a sauvé la reine et monseigneur le prince de Galles! s'écria Magdonald.

— Et comme disent nos vieux highlanders, répondit Ogilvie en riant, les baisers récompensent noble chevalier qui sauve sa dame.

— Le vin de France porte à la tête, reprit Macdonald; plus de respect pour la reine légitime!

— La reine est femme; quoi de plus simple qu'elle aime son chevalier?

— Calomnie de tête ronde! cria le vieillard.

— Crédulité de tête blanchie! » répondit le jeune cavalier.

Et tous deux portèrent la main sur leurs gros pistolets d'arçon.

« Paix là ! paix là ! Macdonald, dit une douce voix ; un soldat de la loyauté doit-il verser le sang de son frère ?

— C'est miss Anna Perkins, c'est l'héroïne de la Boyne ! s'écria Ogilvie ; vierge de paix et de guerre !

— Notre lady à tous ! » reprirent les Écossais.

Et tous les cavaliers se réunissaient autour de la jeune fille, et baisaient ses blanches mains.

Ogilvie ne cessait d'emplir sa coupe de cuir : « A la santé de miss Anna ! » Et ce cri fut partout répété.

Dans les longues agitations des guerres

civiles, c'est tout qu'un jour de bonheur et de réunion entre de francs cavaliers; le lendemain, on couche sur la dure; on marche sans souliers; qu'importe? la loyauté rehausse le cœur!

La jeune fille serrait la main à tous ces braves gentilshommes. On aurait dit une de ces vierges de l'Edda qui commandaient aux élémens et apaisaient les tempêtes.

« Braves Écossais! s'écria miss Anna, du courage! Le noble duc de Berwick se met à notre tête; nous partons ensemble cette nuit pour la patrie! »

Elle prononça ces mots avec une exaltation remarquable.

« Pour la patrie! s'écrièrent, les yeux

en pleurs, les cavaliers écossais ; pour la patrie !

— Et avec le duc de Berwick ! reprit Anna.

— Que fait donc le roi de France, et pourquoi ne seconde-t-il pas une telle entreprise ? Veut-il vous abandonner comme il l'a fait en Irlande ? s'écria Macdonald.

— Tant mieux ! reprit Ogilvie ; tout se fera par les Écossais ! La bonne race fera triompher la bonne cause !

— Que Dieu vous exauce, capitaine ! reprirent les Écossais.

— Le temps presse. Ce soir, à huit heures, nous partons pour la côte ! »

Et la jeune fille s'éloigna, tandis que le chœur des Écossais répétait la ballade plaintive :

« Pour ne plus la revoir, ma belle, pour ne plus la revoir. »

# Les Tarots.

---

« Je jette le valet de coupe.

— La dame de deniers, et je prends, reprit une voix grêle et chevrotante.

— Fol et pendu, comme le sera l'usurpa-

teur du trône d'Angleterre ! répéta une autre
voix plus chevrotante encore.

— Chevalier d'épée, et j'ai gagné la tour ;
et plût à Dieu que le roi Jacques en eût fait
autant !

— Que Dieu, saint Georges et saint Thomas de Cantorbery vous écoutent ! répondirent en chœur plusieurs gosiers fêlés. »

Que c'est chose horrible qu'une société de
douairières de grandes maisons ; que ces joues
creuses, ces doigts amaigris ; que ces toilettes
vertes ou coquelicots jetées sur des corps
flûtés comme des roseaux, ou enflés comme
des outres ; que ces faux cheveux bouclés,
ces dents pointues et jaunes, ces yeux rouges
de veilles ! C'était dans une de ces réunions
que se jouait un tarot, jeu très-respectable

que je place à côté, quoiqu'un peu au-dessous, du vénérable jeu de l'oie.

Et le jeu était très-échauffé. La douairière de Shrewsbury, qui présidait à la partie, paraissait animée, car le roi de deniers lui avait manqué pour compléter sa vole; le maudit fol arrivait toujours !

« Fatalité ! malheur ! toujours le fol et le pendu dans mon jeu !

— C'est comme cela arriva à ma mère le jour de l'assassinat de notre saint roi Charles 1er, répondit l'ex-mairesse de Londres, lady aussi maltraitée par les ans que les portes de Cantorbéry.

— Au temps où nous vivons, comment en serait-il autrement? répondit une troisième lady semblable à une vieille tapisserie de l'époque des Plantagenets. Tout est corrompu, l'Église et l'État! Qui peut encore aller à la cour? Il n'y a plus de fêtes que pour les ladys hollandaises; et quelle femme de qualité, bon Dieu! pourrait aller s'asseoir au tabouret de l'usurpateur! A-t-on des nouvelles de notre roi Jacques?

— On le dit débarqué, reprit lady Seymour, dont les doigts, chargés de bagues, se jouaient dans le poil reluisant d'un gros chat.

— Débarqué!» s'écrièrent en chœur les douairières.

Et lady mairesse se mit à raconter les belles histoires de Charles II : comment il se déguisa avec ses blonds cheveux de femme, parcourant les châteaux de la loyauté, au grand déplaisir des nobles maris de l'Écosse et de l'Angleterre.

« Ah! s'il nous arrivait ici le roi Jacques, dans le noble manoir de Shrewsbury! continua la dame du lieu; s'il nous arrivait!

—J'ai des lettres récentes de la reine, reprit lady Seymour; elle est enceinte. Quelle belle cérémonie nous avons manquée! Qu'il faut regretter cette cour si plaisante du roi Charles II, de ce prince qui osa me parler d'amour, à moi si vertueuse, si sage!

— Le roi galant en contait à toutes les dames; et il m'avait donné plus d'un rendez-vous à Hyde-Park, à la petite tour de droite »; et ceci fut dit avec un grand air de pruderie et de vanité par lady Shrewsbury.

La partie touchait à sa fin, lorsqu'on annonça lady Arabella Russell, femme de sir John Russell, wigh renforcé, commandant de la flotte. Arabella Russell entra brusquement : sa physionomie jeune et belle faisait un étrange contraste avec cette galerie de grands siècles amoncelés autour de la partie de tarot. Toute la société se leva, fit une de ces révérences officielles du dix-septième siècle, et pour la commodité desquelles on avait construit, sans doute, ces grandes pièces où l'on pouvait si bien pirouetter à l'aise.

Me sera-t-il possible de vous décrire cette physionomie d'Arabella Russell? Imaginez-vous de ces traits à grandes passions, de ces yeux qui disent une vie d'agitation, cet ensemble mélancolique qui présage une carrière d'orages et de tourmens!

La jeune lady embrassa la douairière de
Shrewsbury, sa tante, qu'elle aimait et ché-
rissait dès ses jeunes ans.

« Eh bien ! mon amour, quelle nouvelle
de votre mari et de la flotte ?

— On arme avec activité ; et, au printemps, sir Russell compte joindre la flotte de
France et la battre.

— Et le roi Jacques aussi ! répondit en
soupirant la vieille mairesse.

— Le roi Jacques ? certainement, s'il s'y
trouve sous la protection du pavillon ennemi. »

Un murmure semblable au grommellement d'une troupe de chats accueillit cette réponse.

Cependant l'on n'osait point trop parler : les édits du prince d'Orange étaient sévères, même contre les coups de langue des douairières.

« Miladies, reprit Arabella, vous ne sentez donc rien là pour la noble Angleterre ? »

Et toutes les jacobites se turent.

« Passion de gloire, fanatisme de patrie et d'amour, voilà le cœur de la femme, continua Arabella.

— Ma nièce, êtes-vous allée à la cour pour y tenir le tabouret de notre famille ?

I.

— Oh! oui, certainement, ma tante; et j'ai fait mon service auprès de la reine.

— De la reine! dit en grimaçant l'ex-mairesse : celle de Saint-Germain ou de White-Hall ?

— De White-Hall, Milady, ne vous dé-plaise! princesse fière et patriote, protectrice des whigs et des droits du parlement. »

Et la mairesse continuait ses grimaces : on eût dit une de ces mille figures dia-boliques que l'imagination bizarre des architectes du moyen âge plaçait sous le ceintre dentelé de grandes portes aux gothiques cathédrales.

Enfin, elle se mit à marmotter ces vers d'une chanson jacobite :

« Nouvelle Tullie, elle a fait passer la roue de son char sur le corps de son père. »

La conversation allait ainsi en s'échauffant.

« Ma tante, continua lady Arabella, mon mari est obligé de se rendre à Portsmouth pour préparer la flotte : je viens passer quelques jours avec vous.

— Soyez la bienvenue, mon ange : le tabouret que vous aurez ici sera, sinon plus agréable, au moins plus légitime que celui des grandes soirées du prince d'Orange.

— N'en déplaise à Votre Grâce, je le crois aussi bien acquis.

— Aussi bien acquis ! aussi bien acquis !

murmura entre ses dents la vieille douairière : c'était pourtant le roi Charles ii, de
gracieuse mémoire, qui me l'avait donné
après mes rendez-vous de Hyde-Park. »

Lady Arabella s'approcha des grandes
fenêtres à croix de maçonnerie, je dirais à
ogives si on ne l'avait pas un peu trop répété ; elles ornaient depuis trois siècles
le château de Shrewsbury : « Oh ! ma
tante, s'écria-t-elle, voyez ces flocons de
neige ! »

En effet, le vent soufflait avec violence :
la campagne était couverte de ce beau linceul qui va si bien avec la lune et les revenans. Lady Russell contemplait ce spectacle
d'une nuit d'albâtre, qui plaît tant aux ima-
ginations ardentes, aux cœurs de passions
et d'orages.

Et l'on entendit la cloche de la grille tin-
ter avec force à plusieurs reprises.

« Qui vient à cette heure ! » s'écrièrent
toutes les vieilles à la fois.

Et l'on continuait à sonner.

« Que craindre ? dit malady Russell : tous
vos gens veillent encore ; et c'est peut-être
quelque malheureux voyageur égaré. »

Alors l'on entendit la grille s'ouvrir.

# Une Surprise jacobite.

---

Et la grille va s'ouvrir, non point pour
nous montrer un spectre bien noir enveloppé d'un linceul bien blanc, tel enfin que
miss Anna Radcliffe pourrait nous le décrire,
à minuit, dans quelques châteaux des Pyré-

nées ou dans quelques ruines de Naples.
O beaux jours des apparitions! qu'êtes-vous
devenus? Alors il ne coûtait presque rien
d'ouvrir un froid tombeau, d'évoquer une
ombre sanglante, secouant des chaînes; mais,
dans notre malheureux siècle d'incrédulité,
je ne puis rien vous dire de si terrible.

Il ne s'agissait donc que de trois cavaliers
vêtus de larges et forts manteaux. L'un d'eux,
plus âgé que les deux autres, portait le rigide costume des puritains du temps de
Cromwel et des têtes rondes; les deux autres, plus élégamment vêtus, quoique avec
les formes simples, semblaient sous la tutelle
du premier et n'agir que d'après ses conseils.

« Diable de nuit! quel froid pour un froid
de mars! s'écria le plus âgé des voyageurs.

— En effet , répondit le second. Nous
pouvons nous attendre à une petite bordée
d'injures de la part du très-honorable concierge de cette antique loge.

— Ceux-là qu'on fait lever par une nuit
d'hiver ont bien quelques droits de s'en venger », répondit en riant le troisième voyageur.

On s'avançait lentement : l'avenue était
longue; les chevaux piaffaient d'impatience.
A la fin, on entendit le concierge poussant
le *qui vive ?* d'usage. Le plus âgé des voyageurs fit la voix la plus douce possible, ce
que tout le monde fait en pareil cas, quand
vous voulez qu'on vous ouvre les portes.
Aussitôt que le concierge aperçut le costume
puritain des voyageurs, il murmura entre ses
dents :

« Voilà une belle trouvaille! Ma foi! milady Shrewsbury sera contente !

« C'est heureux pour vous, continua le concierge à voix haute, que milady Shrewsbury fasse sa grande partie de tarot; car, après neuf heures, nous n'ouvrons plus à personne, serait-ce même à la bonne mistriss Suppleton, la nourrice de la princesse Anne et de S. A. R. le prince de Galles.

— Nous tombons en bonne maison! dit le plus âgé des étrangers; nous voilà chez milady Shrewsbury, la plus forte jacobite des trois royaumes !

— L'intime amie de la reine, répondit le second cavalier.

— La mère du secrétaire d'État, dit le

troisième voyageur : conduisez - nous chez
Milady, autant que nous ne dérangerons pas
la compagnie.

— Si vous êtes des officiers de la maison
du prince d'Orange... du roi Guillaume, dit
en se reprenant de peur le concierge, les
statuts nous obligent à bien vous recevoir
et à vous héberger, et Milady s'empressera
sans doute d'obéir aux statuts; mais, ma
foi ! si vous n'êtes que des prédicateurs
ambulans, des disputeurs de Bible, des têtes
rondes, je vous conseille de vous contenter
de l'hospitalité : on vous fera maigre attention.

— Peu importe! peu importe! dit le plus
âgé des voyageurs; conduisez-nous près de
milady Shrewsbury, et ne vous inquiétez
pas du reste. »

Le concierge s'en allait en devançant les trois voyageurs :

« Que peuvent donc être ces têtes rondes ? sans doute des prédicateurs des régimens de la garde; quelques illuminés de Saint-Alban et des tavernes de Westminster ! »

Il traversa le parc en toute hâte, puis monta le perron, tandis que les cavaliers attachaient leurs chevaux sous un hangar abrité, car la neige était battante et les frappait à travers les narines.

Ils se débarrassèrent également de leurs manteaux, arrangèrent un peu leur toilette en s'avançant (il y a toujours de la coquetterie chez les hommes qui vont se présenter dans un salon de femmes); enfin, ils se firent annoncer comme trois baronnets du comté de Saint-Alban que la nuit et le mauvais temps avaient surpris.

Vous eussiez vu cet essaim de vieilles douairières se lever. A quoi pourrais-je comparer ce tableau et l'impression qu'il fit sur les cavaliers? à un essaim de chauves-souris qui étendent leurs ailes demi-velues? Ce que je puis vous dire, c'est que les voyageurs restèrent non moins ébahis que devant le tableau des Grâces, de l'Albane : le laid étonne autant que le beau!

En puritains, ils firent à peine quelques révérences, et s'avancèrent vers la dame de la maison, demandant l'hospitalité pour la nuit.

Lady Shrewsbury les aurait bien envoyés

au diable; mais les temps étaient difficiles :
les jacobites craignaient de se compromettre
avec les puritains, qui pouvaient leur prêter
appui. Elle grimaça donc quelques mots de
politesse, tels qu'on les disait à la cour de
Charles 1ᵉʳ le roi martyr, et de Charles II,
de galante mémoire. L'hospitalité était un des
devoirs de la vieille Angleterre, depuis la
conquête des Normands.

Pendant ce temps, lady Russell s'était levée,
jetant sur les cavaliers un regard pénétrant :
elle leur parut dans ce salon de ruines comme
ces fleurs rares qui croissent, éclatantes, sur
les édifices séculaires.

« Conduisez ces Messieurs, dit Arabella,
au pavillon de l'aile droite, dans les chambres tapissées de nos glorieuses batailles
navales. »

1.                                                        6

Et la jeune lady remarqua la noble physionomie du second de ces voyageurs, beau,
quoique pâle et fatigué. Je ne vous ferai point
ici du roman; je ne dirai pas qu'un trait de
feu pénétra dans son âme. Il y a du vrai dans
les miracles de la sympathie : je crois qu'à la
première vue deux têtes humaines savent si
elles appartiendront à une commune destinée.

La douairière de Shrewsbury, comme
toutes les vieilles femmes soupçonneuses,
alla conduire elle-même les voyageurs dans
leurs appartemens, précédés de deux valets
portant des flambeaux de poix.

Ce qui surprenait surtout lady Shrewsbury, c'est que le plus âgé des puritains
semblait rôder autour d'elle, comme pour
surprendre le moment de lui parler en secret :

« Que peut me vouloir cette tête ronde ? disait tout bas la douairière, curieuse autant qu'effrayée. Qu'ai-je de commun, moi qui crois au droit divin des Stuarts, avec ces maudits républicains, assassins de notre saint roi ? »

Au moment où elle roulait toutes ces idées dans sa tête, le voyageur qui l'épiait la saisit tout d'un coup, et lui dit :

« Je suis porteur d'une lettre de S. M. la reine d'Angleterre à Saint-Germain; elle vous est adressée; la voilà, Milady. »

# Les Projets.

—

Quand les trois voyageurs furent réunis
autour d'un grand feu, dans la pièce des batailles navales, le plus âgé se dérida un peu,
car il paraissait très-soucieux :

« Milord, dit-il à l'un de ses compagnons

de voyage, vous commencez une triste carrière de périls et de fatigues ! Vous seriez
mieux, sans doute, à la cour de Saint-Germain ou de Versailles, sous les ailes de votre
père et du roi de France.

— Monsieur L'loyd, répondit le duc
de Berwick, car c'était l'un des cavaliers,
ne parlons pas de périls, mais de gloire.
Nos amis d'Angleterre nous attendent : il
ne faut pas que les dangers soient pour
eux et les profits pour notre maison. Les
Stuarts doivent s'en rapporter à Dieu et
à leur épée. Voyez ces grandes prouess-
ses d'Angleterre, continua-t-il en mon-
trant les tableaux des batailles navales;
voilà notre histoire; voilà nos titres également : il faut les rappeler au prince d'O-
range dans Wittehall même ! Que parlez-
vous de mes fatigues, quand vous voyez

cette jeune miss nous suivre par le seul sentiment de loyauté !

— Votre cause est celle de nos pères : nous avons été élevés dans ces principes de fidélité; qui ne mourrait pour la noble race de Votre Seigneurie? »

Miss Anna dit ces mots avec un accent animé qui témoignait plus que du dévouement.

Et le duc de Berwick lui serra la main, mais machinalement; il paraissait préoccupé de cette jeune femme qu'il avait vue chez la douairière de Shrewsbury : ces traits étaient là, dans son esprit; cette physionomie mélancolique semblait répondre à la destinée des Stuarts.

Elle était pourtant bien jolie sous le cos-

tume de puritain, miss Anna! Ce grand chapeau sans bords, ce justaucorps simple, ce
manteau brun, tout cela relevait sa taille, ses
traits, et leur donnait cette physionomie
héroïque des femmes que la guerre civile
enfante.

Que j'aime ces grands caractères qui sor-
tent du vulgaire pour se sacrifier à une idée,
à un objet, à une cause! Froids et égoïstes
que nous sommes, ils passent, ces grands
caractères, et nous les disons fous, jusque
sur le champ de bataille où ils tombent,
jusque sur l'échafaud où roule leur tête de
martyr!...

M. L'loyd continua :

« L'essentiel, Milord, est de se mettre en
rapport avec les principaux lords dévoués à

la cause du roi. Voici la liste de ceux qui peuvent servir nos desseins. »

Le duc de Berwick la prit : « Mais je ne vois là ni lord Churchill, ni sir John Russell! On les dit des nôtres.

· Lord Churchill est sûr : favori de la princesse Anne, créé duc de Marlborough, il est néanmoins mécontent de la cour du prince d'Orange; il a des remords de sa conduite; il vient d'écrire au roi Jacques; il lui fait des promesses; il se prononcera sous peu; et quelle influence ne doit-il pas exercer, lui, l'ami de la princesse Anne! Anne elle-même est très-froide avec son beau-frère; elle a la pensée d'une restauration. Sir John Russell n'est pas éloigné de se joindre également à nous; mais pour cela il nous faut des blancs seings et des pouvoirs. Lord Melfort s'y est opposé; et je n'ai pas eu la déclaration telle que je l'entendais.

— Illusion peut-être que tout cela! s'écria le duc de Berwick : je préfère un franc et loyal cavalier à tous ces hommes politiques! Et mon ami Tyrconnel, quand le reverrai-je? qu'est-il devenu depuis la Boyne, où nous combattîmes? Comment concilier les Écossais, les Irlandais, les concordans et les non concordans? Mieux vaudrait suivre l'avis de sir Georges, et attaquer de vive force le prince d'Orange à Wittehall! Si nous triomphons, tout est fini : la couronne légitime est replacée sur la tête du roi; si nous succombons, nous mourrons en dignes fils des Stuarts!

— Et avec vous tous vos serviteurs! reprit miss Anna. Quel noble jour de martyre! mêler son sang avec le vôtre!... »

Elle rougit en disant ces mots, et un noble feu brilla dans ses yeux : c'était plus que de l'héroïsme !

« J'approuve ce bel élan de courage, Milord, reprit M. L'loyd ; mais vous arriverez mieux à une fin satisfaisante par les moyens de douceur et de conciliation. Quand vous aurez sacrifié votre tête, que restera-t-il ?

— La gloire ! » reprit Anna.

Il est dans les âmes ardentes qui ne peuvent attacher leur vie à ce qu'elles aiment, un espoir, c'est de s'unir par la mort.

« La gloire ! Il ne s'agit pas de cela, reprit

froidement M. L'loyd; mais d'un succès. Je
n'aime pas les gens de parti qui ne savent
que mourir! Qu'est-ce qu'une vie, après
tout, dans l'histoire d'une dynastie? Ce
qu'il faut, c'est de rétablir la couronne des
Stuarts : empêchons par tous les moyens le
gouvernement du prince d'Orange de se
consolider; agissons par les lords et les
communes; que le roi Jacques oublie tous
les torts!

— Même la trahison de lord Sunderland!
reprit en murmurant le duc de Berwick.
Fions-nous à l'épée, Monsieur L'loyd : la
fortune peut la trahir, jamais l'honneur!
Dieu merci! depuis notre exil nous avons
eu assez de faiseurs de projets politiques :
essayons des armes!

— Vous voulez parler, sans doute, de ce

bavard de lord Preston : il écrivait tout ,
conspirait en plein vent. Tant pis pour lui
s'il est tombé dans les mains des agens du
prince d'Orange , aussi nombreux que les
myriades des mauvais anges du régicide
Milton !

— Je n'aime point les faiseurs de projets! reprit le duc de Berwick. Parlez-moi de
francs et courageux jacobites. Ils m'ont
donné rendez-vous demain à la taverne des
Trois-Couronnes pour arrêter une attaque
sur Wittehall; et j'irai!

— Je plains Votre Seigneurie si elle
préfère le bras à la tête! »

En causant ainsi, les trois voyageurs s'é-
taient jetés tout habillés sur leur lit. Ceux
qui se mêlent de renverser les empires quit-

tent rarement leur manteau, dorment sur
la dure; et, quant à moi, je leur souhaite
une bonne nuit!

# La Lettre de la Fidélité.

—

Je connais deux grandes émotions : celle
d'une jeune fille qui reçoit un premier billet d'amour, et celle d'une douairière qui
est honorée d'une lettre autographe de son
prince légitime. Jugez l'importance d'une

lettre autographe ! Qu'on s'imagine donc les transports de lady Shrewsbury lorsqu'elle reconnut l'écriture de la reine d'Angleterre, exilée à Saint-Germain !

La lettre était sur beau vélin, avec de gros caractères, ainsi que les écrivait Charles ii, d'amoureuse mémoire, aux rendez-vous de White-Hall.

Cette bonne lady se pâma d'aise. Une lettre autographe de la reine ! Elle la lisait, la relisait. La princesse lui disait :

« Chère lady, l'iniquité des temps, la ty-
« rannie de nos sujets, nous ont mis dans
« la nécessité d'employer des moyens dé-
« tournés pour vous informer de mes pro-
« bables couches. Nous vous invitons, ainsi
« que les duchesses de Somerset, de Beau-

1.

« fort, les ladies Derby, Mulgrave, Rutland,
« à venir y assister, afin de confondre nos
« ennemis et leurs calomnies. »

« Sa Majesté sera contente ! s'écria lady
Shrewsbury : oui, j'irai à Saint-Germain,
ne serait-ce que pour prouver à ma nièce la
légitime naissance du prince de Galles,
qu'elle nie obstinément, ainsi que son indigne maîtresse la princesse Marie ! La race
des Stuarts peut concevoir; elle est très-
apte à concevoir; elle est toute pour l'amour
et par l'amour ! et ne me souvient-il pas de
Charles ii ! » Ici la douairière poussa un long
soupir.

C'est avec ces souvenirs de galanterie,
d'orgueil et de jeunesse, que lady Shrewsbury s'endormit d'un sommeil royaliste et
de restauration; sommeil léger, où appa-

raissent les vieux droits, les vieux noms, les nobles priviléges, sans en excepter les grandes théories sociales, choses fort ennuyeuses, même dans la bouche de gens d'esprit!

Elle fut matinale, la bonne duchesse; elle parcourut toute la maison; elle confia à toutes ses amies la lettre secrète qui lui était mandée. Quels transports! la lettre fut baisée, le scel royal fut touché et retouché. Nous ne comprenons plus ces joies de dévouement à une race, noble tradition des temps de chevalerie! Malheureusement ici les traditions s'étaient concentrées dans des têtes chauves.

Elles faisaient un tel tapage, que lady Arabella Russell, qui toute la nuit avait vainement cherché le sommeil sur l'aristocratique oreiller de Shrewsbury, vint deman-

1. 7

der en toute hâte si quelque sinistre événement agitait le château. Qu'était devenu le noble puritain? quelque malheur lui était-il survenu? elle l'avait vu en rêve; sa nuit avait été agitée de son image. Un jeune et beau fanatique a toujours un si grand ascendant sur une tête à passion! Les femmes aiment les dévouemens, même à une idée absurde.

Et on ne lui répondait que par des espèces de grincemens de dents :

« La reine! la reine! » s'écriait-on de toutes parts.

« Qu'est-ce? reprit lady Russell; serait-il arrivé quelque chose à Wittehall? Le roi Guillaume ou la reine auraient-ils éprouvé des malheurs? »

A ce nom du roi Guillaume, vous eussiez vu tous ces yeux rouler dans leurs orbites comme ceux des damnés et des possédés des grands tableaux d'église de village.

« Il s'agit bien de l'usurpateur, Milady ! dit l'ex-mairesse. S. M. la reine d'Angleterre, de présent en résidence à Saint-Germain-en-Laye, a écrit à votre tante pour l'inviter à ses couches, et votre tante se dispose à partir.

— En vérité, dit lady Russell, voici du nouveau ! ma tante de voyage à Saint-Germain ! Je n'y conçois plus rien : on dirait que quelque esprit malfaisant a passé parmi vous !

— Taisez-vous, ma nièce ! reprit sévèrement lady Shrewsbury ; j'ai mon tabouret aussi à tenir à Saint-Germain, et ne puis y manquer.

— S'exposer à un long voyage à votre âge, ma tante! et pourquoi?

— Pourquoi! pour mon prince légitime!

— Vous voulez donc partir?

— Oui, dès demain.

— Et ce château va être désormais un lieu de suspicion : vous vous exposez à la confiscation; les lois du roi Guillaume et du parlement sont sévères.

— Qu'importe!»

Et, malgré ses opinions, lady Arabella admirait ce cœur si haut placé, à travers les rides de ce visage alors animé d'un noble feu.

Et cette assemblée lui paraissait agrandie, et ces douairières si ridicules au tarot avaient pris une physionomie de dévouement et de loyauté.

Elle pensa dans elle-même : « Qui a pu apporter cette lettre? qui a pu opérer ce changement? Serait-ce par hasard ce noble cavalier déguisé en puritain? serait-ce ce blond jeune homme à grands traits dont le souvenir est là, puissant, et domine mes sens éperdus? »

Et la voilà qui rêvait à cette image; toute son âme, toute sa curiosité n'étaient que pour un être qu'elle ne reverrait sans doute plus.

# La Taverne.

---

On ne reste pas au lit quand on conspire,
même dans les pays où l'on ne fait pas de
visites domiciliaires : M. L'loyd était debout
avant le jour; il avait éveillé le duc de Berwick. Miss Anna Perkins avait peu dormi,

et ce n'était point pour elle qu'elle était inquiète.

« Monsieur L'loyd, s'écria le duc de Berwick en s'éveillant, nos amis m'attendent à la taverne des Trois-Couronnes de Westminster avant huit heures! Je vous confie les intérêts jacobites auprès de lord Churchill et de sir Russell. Pour moi, je persiste à agir de vive force contre le prince d'Orange; je me confie à la Fortune!

— A la Fortune! dit M. L'loyd en fronçant le sourcil; à la Fortune! triste et frivole divinité! Mais tout comme il plaira à Votre Seigneurie. Les négociations avanceraient plus vos affaires. Vous voulez jouer de l'épée, essayez. Que fera miss Anna?

— Je suivrai Milord, s'il veut me le per-

mettre; je pourrai mieux servir auprès de
lui la cause du roi! »

Elle rougit, la jeune fille !

Pendant ce temps, les cavaliers sellaient
eux-mêmes leurs chevaux et se faisaient
ouvrir la grille, quoiqu'il ne fût point
jour encore. Le concierge ne pouvait s'expliquer qu'en se couchant à minuit, des
baronnets pussent ainsi se lever à quatre
heures : « Si ce n'est pour courre le renard,
murmura-t-il entre ses dents, ceci n'est pas
clair ! »

En quittant la grille, le duc de Berwick et
miss Perkins prirent la route de Londres, et
M. L'loyd se sépara d'eux pour se rendre au
château de lord Churchill, à quelques milles
de celui de Shrewsbury.

Les routes n'étaient point alors belles et
bien plantées, comme elles le sont aujourd'hui aux environs de Londres. La
neige, qui couvrait tous les chemins, avait
pénétré le sol d'une humidité froide. Le
duc de Berwick et miss Anna, envelop-
pés de leurs larges manteaux, n'échangeaient que quelques paroles fugitives.
En présence du dévouement de cette jeune
fille, le duc de Berwick conservait ce caractère impassible et poli qui désolait un
cœur brûlant; car Anna aimait, et c'est en
vain qu'elle attribuait à son dévouement un
sentiment plus profond et plus vif.

« J'aperçois Londres! s'écria le duc de
Berwick, et Saint-Paul, et les grandes
tours, et le pavillon du prince d'Orange!
Que de souvenirs de lâcheté et de trahison ceci me rappelle!

— Et vous y avez aussi des souvenirs de gloire, et des espérances pour tous ceux qui sont attachés à votre cause, répondit Anna.

— Oui; que d'infamies il faudra couvrir du pardon! On demande des concessions pour ceux qui ont servi le prince d'O-range! pour ceux qui ont vendu leur roi! Il faut faire bon marché à tous les lords et aux communes, agenouillés devant un tyran dis-simulé! Mieux vaut conquérir la couronne de vive force, ou la perdre les armes à la main!

— C'est mon avis : laissons au respectable M. L'loyd la chimère d'un arrangement. Un seul est possible, il consiste à enlever le prince d'Orange! »

Il faisait grand jour lorsque les deux ca-

valiers entraient dans Londres. On ne
prêta que très-peu d'attention à eux, car
le concours de monde était considérable :
Guillaume devait ouvrir le parlement en
personne. Deux ou trois escadrons de
dragons hollandais, avec les habits verts
et jaunes, et de réfugiés protestans de
France, se rendaient à Wittehall pour servir d'escorte d'honneur au nouveau roi.

« Malheureux Anglais! s'écria le duc de
Berwick, voilà pourtant le joug que vous avez
préféré à celui de votre prince légitime et
national! Les Hollandais, des intrigans, et
lord Bentink règnent sur vous! »

Quand le duc de Berwick aperçut la taverne des Trois-Couronnes, il fit arrêter les
chevaux; et sir Georges Barclay vint au-devant de Sa Seigneurie, lui prit la main :

« Nos amis sont ici, Milord, dans la pièce à droite, au premier étage. Nous sommes seuls, et nous pourrons causer en toute confiance. »

Les étrangers traversèrent à la hâte et avec indifférence la pièce commune remplie d'une multitude occupée à vider quelques vastes cruches; ils montèrent un escalier étroit et tortueux qui les conduisit à une chambre spacieuse où se trouvaient vingt hommes de dix-huit à quarante ans, tous marqués d'un caractère mâle et de résolution. Avant de s'entretenir sur l'objet de la réunion, ces hommes s'embrassèrent; ils se firent réciproquement le signe de reconnaissance : lorsqu'ils eurent pris ces précautions, sir Georges, ôtant son chapeau, dit :

« Braves compagnons ! le duc de Berwick
« nous fait l'honneur de nous visiter ; il vient
« se mettre à notre tête, dans notre noble
« entreprise. »

Et aussitôt une espèce de houra salua
le fils naturel du roi Jacques.

Cette troupe de vingt hommes était di-
visée par escouades de quatre, chacune sous
les ordres d'un chef ; sir Georges conduisait l'entreprise : c'était un homme de
près de six pieds ; sa figure était partagée
par une large cicatrice ; il descendait de
race noble, baronnet et membre du parlement ; le major Holm, sir Chardnock,
sir Porter, le capitaine Kinight et Hungate
commandaient chacun une escouade ; c'é-
taient de ces têtes de guerre civile dont
j'ai déjà parlé.

« Milord nous fait l'honneur de combattre à notre tête ! reprit sir Georges Barclay ; c'est de bon augure pour le succès.

—Le prince d'Orange n'a qu'à bien se tenir, dit le capitaine Kinight ; son affaire sera bientôt expédiée.

— Bien convenu, l'attaque se fera de vive force, s'écria Porter.

— Et loyalement, ajouta le duc de Berwick ; je ne veux rien en traître.

— Cela va sans dire, répondit le capitaine Hungate ; sa garde est de vingt dragons hollandais ; nous sommes vingt. Hommes pour hommes, la partie est égale.

— Nous lui ferons même bon marché des officiers d'escorte.

— Et comment l'attaquer? dit le duc de Berwick.

— Tout est prévu, reprit sir Georges; le prince d'Orange prend plaisir à chasser dans la maison de M. Latten, à quelques milles de Londres; il faut se cacher sur la route, l'y attendre, tomber sur son escorte et le tuer ensuite.

— S'il ne périt pas les armes à la main dans le combat, dit avec chaleur le duc de Berwick, je ne veux point qu'on le tue; il faut se borner à l'enlever.

— C'est bon à dire, reprit le major Holm en avalant un grand verre de porter; mais sommes-nous assez nombreux pour faire des prisonniers ? Quant à moi, si je le tiens, son affaire sera faite ; à la santé de Milord ! »

Et tous les cavaliers avalèrent leur grand pot de bière.

« Et l'autre santé ! » dit avec mystère sir Georges Barclay !...

Alors tous passèrent leur verre derrière les cruches de terre.

« Nous portons un toast *à l'autre côté de l'eau,* dirent-ils en chœur.

— A l'autre côté de l'eau\* !

---

\* C'était le toast convenu entre les jacobites, pour signi-

— A l'autre côté de l'eau!

— Et comment savoir quand sortira le prince d'Orange? nous n'avons personne au château, reprit Hungate.

— Je m'offre, dit avec chaleur miss Anna; je suis jeune, je n'ai point de ces figures qu'on peut suspecter de conspiration, j'irai donc à Wittehall.

— Vous, jeune homme, s'écria le major Holm; entendez-vous, l'entreprise est périlleuse; il s'agit de la tête, si l'on vous découvre.

— Et qu'importe? qu'est-ce donc que la

fier que le roi Jacques et sa famille étaient en France de l'autre côté du détroit.

I.                                                    8

vie! J'irai. N'ai-je pas porté la dépêche du
duc d'Hamilton à travers le camp ennemi
après la bataille de la Boyne! »

Elle regarda le duc de Berwick !

« Eh bien! c'est dit, répondit sir Georges
Barclay; vous vous chargez d'épier les dé-
marches du prince; nos amis se fient à
vous. »

Et pendant ce temps l'hôte des Trois-Couronnes était monté pour faire payer la dé-
pense; elle s'éleva à 4 livres 6 schellings qui
furent payés par les fonds communs.

Et il y avait dans cette multitude de hardis
compagnons, un homme à figure un peu
inquiète, aux yeux louches, qui parlait beaucoup, excitait les autres; sa tête et son regard

semblaient prendre des notes. De temps en temps il se cachait dans la foule. Vous tous qui êtes dévorés de la manie assez niaise de conspirer, je vous conjure de vous méfier de ces yeux louches qui excitent les autres, prennent des notes et applaudissent de plus belle à chaque imprudence de leurs compagnons !

# L'Orphelin.

—

On ne s'aperçut que fort tard dans le manoir de Shrewsbury que les trois cavaliers avaient quitté la salle des batailles navales. La bonne douairière aurait voulu baiser de ses lèvres tremblantes les mains royalistes de **M.** L'loyd pour le remercier de la lettre

autographe, tandis qu'Arabella Russell parcourait pensive tous les lieux qu'avait visités
le mélancolique jeune homme; un sentiment
indicible la portait à tout voir, et sur quelques fragmens de papier laissés au coin d'une
cheminée pour rallumer le feu, elle trouva
plusieurs fois écrit le nom de *James*, des débris d'ordres, des projets adressés aux lords
et aux communes. Ces circonstances l'avaient
fort préoccupée; le mystère dont cet étranger s'était enveloppé, ses traits surtout, ses
mains et sa chevelure qu'elle avait comparés
avec le portrait des Stuarts, vénérable reli-
que du manoir de Shrewsbury, tout cela
avait jeté des doutes, des inquiétudes dans
son âme. Quinze jours étaient à peine ex-
pirés que milady Arabella demanda à sa
tante la permission de retourner au château de Russell. La douairière était alors
toute préoccupée des préparatifs de son

voyage à Saint-Germain; volière, presbytère, tarots, tout était oublié pour s'abandonner aux périls d'un lointain pèlerinage.

Un enfant vêtu de noir courait à perdre haleine dans la grande allée du parc du château de Russell, vieux manoir comme on en trouve encore dans cette noble Angleterre, où les monumens restent debout comme les races; et les deux pages de Sa Seigneurie saluèrent du nom de Montmouth ce noble enfant de deuil.

« Et Milady? et Milady? » s'écriait-il.

Et on lui répondait :

« Milady Arabella arrive à peine de Shrewsbury; elle est avec ses femmes, milord Billy; elle est avec ses femmes!

— Il faut que je la voie sur-le-champ. Nouvelles dans ce comté ! »

Et Arundel, le plus lutin des pages de Sa Seigneurie, courait, et saluait d'un baiser la petite Betzy, fraîche comme ces petits boutons de roses que l'on peignait de vermillon sur la porcelaine de la régence et de Louis xv.

« Betzy ! milord Billy demande Milady, notre dame. »

Milord Billy ! ce nom inspirait un saisissement de tristesse. Un orphelin a quelque chose de sacré, et un orphelin dont le père a péri sur l'échafaud !

Milady Russell accourut auprès du noble enfant.

Et celui-ci la prit par la main, et la ti-
rant à l'écart :

« Milady ! James, duc de Berwick, est débarqué; il est dans ce comté.

— James ! » reprit Arabella; et un nuage
de fumée et de feu vint obscurcir et brûler
son imagination. Le noble étranger domi-
nait sa pensée, et elle craignait de le re-
trouver, lui, au milieu d'un danger.

« Voilà une occasion pour moi, Milady,
de me montrer votre digne chevalier : Jacques a versé le sang de mon père, de son
propre neveu... J'appelle Berwick en champ
clos. »

Et Arabella pâlit comme agitée d'un
pressentiment.

« Eh quoi! Milady, serais-je digne de ma maison et de vous, si je laissais cette épée vierge d'un tel sang?

— Le duc de Berwick n'est pas coupable, Billy; et pourquoi le poursuivre, lui proscrit et frappé par la loi? » Et en disant ces mots, elle jetait un doux regard sur cet enfant de deuil, respectueux chevalier de quatorze ans, voué au culte de la noble dame de Russell et à la mémoire d'un père.

« Commandez tout, Milady, excepté le déshonneur de ma race!

— Comme vous, Billy, j'ai la patrie au fond du cœur; Wigh est la maison de Russell; mais il est d'autres moyens de vengeance qu'un combat singulier et inégal.

— De bâtard à bâtard il y a toujours éga-
lité ! à l'épée, voire à l'arquebuse !

— Ma parole a donc perdu sa puissance
sur vous, Billy, mon gracieux Billy ?

— Oh ! non ; vous êtes toujours ma noble
dame ! » Et il lui baisait les mains.

« Eh bien, Billy, vous voulez venger votre
famille et l'Angleterre ; l'occasion est belle :
l'amiral prend le commandement de la
flotte ; allez servir sous les couleurs du pays !

— A Plimouth, Madame ! à Plimouth !
reprit l'enfant avec une rougeur de gloire.

— Je suis contente de vous, Billy. »

Et je ne sais pourquoi milady Arabella

était toute satisfaite : en sauvant le duc de Berwick d'un danger, elle avait comme un pressentiment qu'elle protégeait quelque chose qui lui était cher. Faut-il le dire? cet enfant, dont les hommages flattaient naguère sa sensibilité coquette, l'importunait; maintenant elle l'envoyait à la gloire avec un sentiment plus égoïste que le patriotisme!

Et pendant ce temps milord Billy remontait à cheval dans la cour du château; et tous le saluaient du triste nom d'orphelin de Montmouth!

# Conversation politique.

───

Tandis qu'à la taverne des Trois-Couronnes
on faisait de cette politique qui sent la poudre à canon, M. L'loyd arrivait au château
de lord Churchill, habitation gothique que
la princesse Anne venait de donner à son

favori, après que le roi Guillaume l'eut décoré du titre de duc de Marlborough; l'heureux lord en avait fait le manoir de sa race, y avait transporté les vieilles archives de famille et les portraits des ancêtres.

C'est dans cette pièce à grands portraits, ornée de drapeaux et d'écussons où brillaient mille blasons au léopard, au lion rampant et les hermines, que M. L'loyd fut introduit; un page vint le prévenir que lord Churchill, en conférence avec l'amiral de la flotte, sir John Russell, allait recevoir le gentleman qui lui faisait l'honneur de le visiter.

M. L'loyd était très-connu de lord Churchill; Sa Seigneurie savait même que M. L'loyd était l'agent le plus actif du roi Jacques; il

mettait un grand intérêt à le voir; était-ce
simple curiosité? y avait-il dans lord Churchill un véritable désir de préparer une
restauration? Tant il y a qu'il avait confié
une lettre à M. L'loyd dans son dernier
voyage à Saint-Germain; il désirait savoir
quel avait été le résultat de sa mission auprès du roi Jacques.

Quelques instans après, lord Churchill
vint lui-même prendre M. L'loyd par la
main, et l'introduisit dans le dernier de ses
cabinets : c'était un homme grand, pâle,
d'une beauté de formes remarquable; il
s'assura en visitant toutes les portes que personne n'écoutait; les temps étaient si difficiles et la police du roi Guillaume si active!

« Vous ici, M. L'loyd, et vous ne craignez
pas?

— Milord, impossible qu'on sache mon arrivée en Angleterre ; nous avons débarqué dans un chasse-marée de contrebandiers.

— Mais à Londres ?...

— Impossible encore : nos amis portent des noms supposés, et notre qualité de marchands de l'île de Wight...

— Eh bien, M. L'loyd, à quoi est résolu le roi Jacques ?

— A tout ce que vous croirez convenable à ses intérêts ; Milord, le roi ne veut se laisser conduire que par vous et par vos conseils.

— Mes conseils sont bien simples, M. L'loyd : un débarquement, des hommes et des armes, et avec cela je me charge des lords et des communes : il faut rassurer les esprits, faire des concessions à l'Eglise an-glicane, et proclamer une amnistie.

— C'est mon avis, Milord ; mais comment satisfaire les non-concordans ? Ceux-là ne veulent aucune concession à l'Église et aux partis, et ils sont nombreux à Saint-Ger-main !

— Il faut les éloigner d'auprès du roi ; une grande garantie serait le renvoi de lord Melfort.

— Ce sera fait, Milord, et j'apporte l'as-surance de Sa Majesté que lord Melfort sera envoyé en mission à Rome.

— C'est quelque chose ; il faut également

éloigner le P. Péters, c'est un drapeau de
jésuites. Je suis de l'avis de Russell ; l'acte
le plus populaire qui accompagnerait le
débarquement du roi Jacques, ce serait de
faire pendre dix jésuites, leur général en tête,
à la plus haute tour de Londres. Le roi est-il
même bien sûr de la fidélité du P. Péters? Je
suis la trace d'une grande trahison de sa part :
je ne puis m'expliquer encore ; il faut s'attendre à tout d'un tel caractère. Et la déclaration , M. L'loyd?

— La voici, Milord. »

Et lord Churchill la parcourut. « Quoi ! des
exceptions encore à l'amnistie ; des exceptions pour Sunderland et John Russell! John
Russell! le commandant de la flotte, et qui
peut tant vous servir? Sunderland! je le
hais, il est vrai ; mais, favori du roi, secré-

taire d'État, il peut préparer les voies à la cour et dans le parlement; ce n'est pas ça, M. L'loyd; il faut quelque chose de plus large, de plus complet.

— Le roi est profondément blessé contre lord Sunderland; la trahison a été trop ouverte de sa part : il s'est fait catholique, puis anglican.

— Je le sais; c'est un fourbe, un homme vendu à tous et à tout. Et mais qu'importe? il faut réussir. Passe pour Sunderland; mais pour John Russell, il y a plus qu'une amnistie à lui donner, on doit lui conserver le commandement de la flotte.

—J'ai des pleins pouvoirs sur ce point: l'exception de l'amnistie n'a été mise pour sir John Russell qu'afin de cacher ses relations avec le roi; il en existe, vous le savez, Milord?

« — Russell m'en parlait tout à l'heure, il ne sera pas de trop ici. » Et Churchill alla chercher l'amiral dans une pièce voisine du cabinet.

John Russell était d'une taille moyenne, portant sur sa tête le chapeau à trois cornes, bordé d'un galon d'or; son habit à longues basques entourait sa taille épaisse; il tenait à la main une canne à pomme d'ivoire, marque de commandement; ses traits signalaient les longues fatigues de mer qui sont dessinées en rides indélébiles sur ces beaux visages de marins, tels qu'on les voit dans les vieilles gravures de la bataille de La Hogue. L'amiral avait cinquante-cinq ans; il était

1.

grave, réfléchi, et n'en déplaise aux auteurs de comédies et de mélodrames, il n'avait rien de ce caractère de brusquerie furieuse dont ils dotent leurs marins, jeunes et vieux, en activité ou en retraite.

« Russell, dit Churchill, je ne crains pas de parler devant vous; voilà M. Lloyd, l'agent secret du roi Jacques; il est porteur de pouvoirs et de paroles.

— Un agent du roi Jacques! » L'amiral examina d'un regard scrutateur M. Lloyd pour étudier sur sa face d'homme la sincérité de sa mission; puis il le salua : « Soyez le bienvenu, M. Lloyd. »

M. Lloyd commença un de ces discours qu'il tenait en réserve pour chaque caractère; triste et fatigant métier que celui d'un agent secret!

« Une seule question, M. Lloyd : tout doit-il être anglais dans le plan du roi? tout doit-il se faire par l'Angleterre? Que demande-t-on de moi? je suis whig dans toute la force du mot; si le roi nous donne un large bill des droits, la chose sera possible.

— Commandant, voici une lettre de la reine; elle vous expliquera ce qu'elle espère.

— Pauvre princesse! s'écria le vieux marin; puissent bientôt revenir pour vous les beaux jours de White-Hall! Mais avant tout, restons Anglais.

— Anglais, sans doute, reprit Chur-

chill ; mais ne soyons pas Hollandais, n'o-
béissons pas à Bentinck, aux habits oranges
et à ces intrigans de réfugiés français.

— Plutôt être englouti sous mille vagues !

— Vous le savez , Russell, continua Churchill, Guillaume s'entoure d'étrangers et de
tories sans conscience; il opprime le pays et
résiste au parlement; la princesse Anne est
déjà en disgrâce; nous le serons tous succes-
sivement. Il faut l'éviter ! Voilà pourquoi je
désire une restauration qui rende le pouvoir
au prince légitime, et à tous la liberté.

— D'accord; mais la reine m'écrit que
S. M. le roi Jacques doit débarquer à la tête
de la flotte française : elle me demande de
joindre mon escadre bleue à l'avant-garde

de M. de Tourville ; impossible ! M. Lloyd ;
jamais marin anglais ne verra le drapeau du
roi de France sans tirer dessus.

— C'est beaucoup exiger en effet, continua Churchill.

— Cependant, reprit M. Lloyd, tout est
prêt pour un débarquement ; si la flotte anglaise seconde les efforts du roi Jacques,
la restauration est infaillible. Comment
faire, Milords ?

— Laisser passer la flotte de France, répondit Churchill, et faire prendre à notre
flotte une autre direction.

— C'est un moyen ; mais ma réputa-
tion de marin, que deviendra-t-elle ? s'écria
Russell. N'aurai-je pas la position d'un traî-

tre ? moi abaisser les couleurs britanniques !
fuir devant le pavillon de France!

— Ce pavillon couvrira le prince légitime,
reprit M. Lloyd.

— Les Anglais ne le reconnaîtront pas
sous cette livrée. »

L'amiral Russell dit ces mots avec une
noble rougeur.

La conversation devenait fort vive ; Marlborough congédia M. Lloyd sans lui donner
parole de rien ; le noble lord voulait se mé-
nager toutes les chances ; il ne prenait d'en-
gagement positif avec personne. Tandis qu'il
paraissait fréquemment à la cour de Guillaume III, il entretenait une correspondance
suivie avec le roi Jacques. En politique ce

n'est pas une mauvaise position que cette
enjambée sur tous les partis, qui fait qu'on
se trouve toujours commodément assis, arrive qu'il arrive.

# White-Hall.

—

WHITE-HALL a un aspect triste et solennel;
depuis que la tête d'un roi est tombée là, il
règne dans cette place, dans cette cour,
sur ces murs nus et longs, sur ces larges
croisées jetées par masse, un air de deuil :

il semble toujours voir cet échafaud tendu de noir, ce bourreau masqué et tremblant, cette étiquette de la mort, et Cromwell déguisé parmi les gardes, dressant procès-verbal de tous les soupirs, de toutes les douleurs et de l'identité d'une face de roi dans le sépulcre.

Notre civilisation n'est point encore arrivée à ce point de jouer aux têtes royales comme le fossoyeur de Macbeth. Les rois ne sont pas des victimes ordinaires, et leur mort laisse au fond des sociétés une inquiétude qui éclate en révolution.

Jacques II n'avait point couronné l'échafaud; mais White-Hall ne brillait plus du nom des Stuarts. Je ne sais pourquoi on ne peut voir le palais d'une antique race occupé par un maître nouveau, sans éprou-

ver un serrement de cœur, à moins qu'une
auréole de gloire n'entoure le trône ra-
jeuni ; l'aigle seul planait sur les fleurs de
lis de toute la hauteur du génie et de la
victoire !

White-Hall retentissait d'un bruit inaccou-
tumé. Sur le péristyle de la principale porte
d'entrée, les officiers des gardes hollandaises, en grand uniforme, s'agitaient beaucoup ; de l'escalier descendait précipitamment une députation des lords et des communes, précédée de ses huissiers d'armes.
Le chancelier avait la physionomie de lord
Eldon mécontent, tout couvert de sa large
perruque, qu'il secouait de sa tête. Les petits pages jouaient dans les grosses jambes
de l'orateur de la chambre des communes ;
et tout cela se tenait à la file, comme la
procession du lord maire, jusqu'à une

grande pièce où se trouvaient, sur un fauteuil, en guise de trône, un homme et une femme, l'un de cinquante ans, l'autre de quarante, revêtus des insignes royaux, et tenant en mains le grand sceptre des commandemens et la main de justice d'Angleterre : c'étaient Guillaume et la reine Marie recevant un rejet du bill par le parlement.

Le roi paraissait ne plus tenir de colère; il échangeait quelques mots en hollandais avec lord Bentinck, comte de Portland, commandant de la garde orangiste. La reine, non moins animée que son mari, éclatait par des gestes et des menaces. C'était un cri parmi les officiers du palais : « Sire, l'Église et l'État demandent que vous ne laissiez pas traîner votre couronne à terre !

— Il va bien pour la chambre des com-

munes que je n'aie point d'enfant, disait Guillaume; autrement, elle s'en trouverait mal
du refus du bill! Quoi! rejeter même une
requête en forme de prière! Me refuser ma
garde hollandaise, ces fidèles qui ont se-
condé les griefs du peuple anglais, et pré-
paré la glorieuse révolution!

— Il y a quelque dessein jacobite là-des-
sous, reprit lord Portland : vos fidèles Hollandais défendraient votre personne et vos
droits, et voilà pourquoi le parlement persiste à en demander l'expulsion.

— Nous ne voulons point nous en sépa-
rer, mon cher Bentinck : plutôt la dissolu-
tion du parlement! »

Et le roi manda lord Sunderland, son
premier secrétaire d'État, qui attendait

dans une pièce voisine. C'était une de ces physionomies impassibles, un de ces esprits à ressources, bon à consulter dans les crises qu'aggravent si souvent les caractères raides et sans ménagemens; il avait rendu de grands services au roi Guillaume, non pas qu'il eût trahi le roi Jacques (les niais s'imaginent que ceux-là trahissent qui abandonnent à temps une cause perdue : ils ne font que prévoir!)

« Où allons-nous donc, Sunderland? dit le roi avec un accent prononcé. Que veulent m'imposer les lords et les communes? Est-ce trahison ou imprévoyance? Faut-il dissoudre le parlement?

— Gardez-vous de frapper si vite et si fort, Sire!

— Et pourtant ils me refusent mes gardes hollandaises!

— Il faut les conserver et ne point dissoudre le parlement.

— Je ne comprends pas vos moyens! quels sont-ils?

— Votre Majesté a des subsides pour un an : d'ici là, nous verrons.

— Mais tout cela ne cache-t-il pas un complot jacobite?

— Des complots! il en existera toujours : une vieille race ne tombe pas comme cela! Il en existe de timides, de secrets, de permanens et de publics : au milieu de tout cela, il faut savoir louvoyer.

— Cependant la guerre me presse : le roi
de France arme. Je suis informé que le prétendant doit se rendre à La Hogue : cette
démarche se lie à quelque intrigue dans
le parlement. Faut-il vous le confier, Sunderland ? je ne suis sûr de personne...., pas
même de vous ! Ma correspondance secrète
à la cour du roi Jacques m'apprend que
John Russell, Marlborough et vous, Milord,
avez écrit à Jacques dans la pensée d'une
restauration ! »

Sunderland, un moment étonné, ne se
laissa pas déconcerter : « J'ai écrit, cela est
vrai ; mais dans quel intérêt ?

— Vous allez me dire que c'est dans le
mien : je connais toutes ces belles paroles des
hommes politiques. Attendre de vous un
dévouement, c'est impossible : vous me ser-

virez bien, si mon trône est solide, si la couronne ne tremble pas sur ma tête; mais si les fautes de mon gouvernement ou les événemens imprévus m'entraînaient dans une voie périlleuse, vous l'abandonneriez. C'est ce que vous avez fait avec le roi Jacques, c'est ce que vous ferez avec moi.

— En effet, Sire, si votre gouvernement se perdait, je le dirais à Votre Majesté; puis je prendrais mes précautions. Quant à ma correspondance avec le roi Jacques, elle est fort simple : j'ai besoin de savoir ce qui se passe dans cette tête-là, ses projets, ses espérances; puis-je mieux faire que de m'adresser à Jacques lui-même?

— Ce que vous faites passer auprès de lui pour un service, vous l'invoquez auprès de moi comme un dévouement : c'est vous ré-

server toutes les chances. Au reste, je ne
vous en blâme pas : je plains les gouver-
nemens qui dépendent d'un seul homme;
ceux-là méritent de périr!

« Dois-je vous le dire, Sunderland ? je suis
accablé, fatigué de cette couronne! Le peuple
anglais m'a appelé pour défendre son Église
et sa liberté : j'ai rempli mon mandat avec dévouement. Comment m'en a-t-il récompensé?
Partout des complots! Les jacobites ont pris
le masque de torys, et conspirent; les républicains se sont faits wighs; et, après m'avoir
soutenu, ils m'abandonnent! Dans ces temps
de crises, j'avais besoin de pouvoirs extraordinaires, on me les refuse. Le parlement
ne m'accorde des subsides qu'avec parcimo-
nie. L'opposition est partout; mon gouvernement est arrêté à chaque pas. Ce qui
se passe aujourd'hui m'a fait prendre une

résolution de dégoût! Je n'en puis plus
avec cette pesante couronne. Lisez, Sunderland, lisez haut»; et Guillaume lui re-
mit un papier.

Sunderland le prit avec curiosité : il
était en forme de brouillon, raturé sur
plusieurs lignes; et il lut :

« Milords, Messieurs, je suis venu ici, dans
« ce royaume, au désir de cette nation, pour
« la sauver de ruine, pour préserver votre
« religion, vos lois et votre liberté; mais je
« vois, au contraire, que vous avez si peu
« de garde de mon avis, que vous vous ex-
« posez à ruine évidente. Il ne serait donc
« pas juste que je fusse témoin de votre
« perte : je dois donc vous requérir de me
« choisir telle personne que vous jugerez
« capable, pour lui laisser l'administration

« du gouvernement en mon absence; vous
« assurant que, quoique je sois obligé à
« présent de me retirer hors du royaume,
« je conserverai toujours la même inclina-
« tion pour sa prospérité. »

Sunderland réfléchit profondément pendant la lecture de ce message. Était-ce un
essai que Guillaume voulait faire des sym-
pathies de la nation anglaise? était-ce dégoût réel du gouvernement? Il reprit :

« Sire, votre projet est insensé!

— Et pourquoi? dit Guillaume. Les rois
doivent avoir la même liberté que les individus : quand un fardeau est trop lourd, on
le secoue!

— Ce fardeau est la belle couronne des

trois royaumes, et une grande place dans l'histoire! Les rois qui abdiquent font aveu de faiblesse et de pusillanimité : on ne prend pas la couronne, quand on n'a pas la force de la porter ; quand on la tient, on la garde!

— Que faire pourtant? On conspire haut et partout : l'opposition grandit; elle m'empêche de marcher!

— On la tourne, quand on ne peut l'attaquer de face.

— Sunderland, vous êtes admirable! vous avez des ressources à tout !

— Je ne désespère de rien : c'est par le désespoir qu'on perd sa cause et l'État. Laissez-moi agir avec prudence : je vous réponds des lords et des communes. »

Quand Sunderland quitta le palais, deux hommes causaient avec vivacité. L'un d'eux criait avec force en le regardant : « Milord, soyons Anglais avant tout! » Ces deux hommes étaient John Russell et Marlborough. Sunderland jugea qu'ils avaient quelque sujet de mécontentement; il en fit son profit. L'homme politique écoute et apprécie un sentiment et une position sur une parole.

# La Nourrice.

---

Tandis que Wittehall retentissait des
éclats de la colère du roi Guillaume, une
jeune fille franchissait le seuil du vieux palais des Stuarts. Miss Anna avait quitté son
déguisement de puritain; elle avait repris

son frais chapeau de paille : son costume
sévère, mais élégant, sa gracieuse taille, son
joli pied qui se posait à peine à terre; tout
cet ensemble attirait les lubriques regards
des gardes hollandaises : les uns auraient
voulu l'avoir dans une longue nuit de corps-
de-garde; les autres, je ne vous dirai pas où.
Jeunes et vieux, que ne souhaitons-nous pas
quand passe une belle fille!

Mais cette fille était d'une nature particu-
lière. Qui aurait jamais dit que cette physionomie de beauté et de candeur cachait
une héroïne de dévouement, descendue,
par un double fanatisme, au rôle d'es-
pionnage ? qu'elle venait là , non point
pour plaire et charmer dans une cour
brillante, mais pour épier quand l'épée
pourrait se croiser sur la poitrine du prince
d'Orange?

Miss Anna n'était pas venue sans recom-
mandation auprès de mistriss Suppleton,
bonne et vieille nourrice des enfans de Jacques II et de la reine. Mistriss Suppleton,
jacobite invariable, était néanmoins restée
attachée aux deux princesses qu'elle avait
nourries. En Angleterre, une nourrice est
presque un être sacré. Les deux filles de Jacques conservaient un grand respect pour
mistriss Suppleton, qu'elles avaient logée
dans le palais de Wittehall, et qu'elles venaient familièrement visiter. Miss Anna s'é-
tait procuré une excellente lettre d'une amie
intime de la nourrice, mistriss Sunter.
On la recommandait comme une jeune
fille sollicitant quelque emploi dans le palais. Mistriss Suppleton prit ses grandes
lunettes, versa quelques larmes, poussa
maints soupirs; enfin elle laissa aller ce
grand cri :

« Dans quel temps malheureux arrivez-
vous, ô mon enfant! Le sang de nos maîtres
est encore dans ce palais; mais notre maître
légitime n'y est plus! Vous êtes heureuse,
vous; car, jeune comme vous l'êtes, vous
verrez la couronne retourner au roi Jacques;
mais moi, que la mort va saisir!... » Et la
bonne nourrice sanglotait.

Miss Anna avait trop de sympathie avec
les sentimens exprimés par miss Suppleton
pour ne pas partager ses sanglots et ses
douleurs.

« Ce n'est pas, continua la vieille nourrice, que j'aie reçu quelque offense ou que
j'aie à me plaindre des deux princesses ni
du prince d'Orange; ils me comblent de
biens. La princesse Anne surtout est bonne;
elle n'a point oublié son père, notre maître;

et cependant que d'ingratitudes ce bon maître n'aura-t-il pas à pardonner! Vous ne le
connaissez pas, le roi Jacques? Quelle joie
n'eut-il pas à la naissance de ses filles, depuis si ingrates pour lui!

— Si fait, mistriss Suppleton; j'ai vu le
roi Jacques à Saint-Germain.

— A Saint-Germain, ma belle Miss! vous
avez fait ce noble pèlerinage?

— Je n'en ai pas le mérite, mistriss : l'oc-
casion m'a fait voyager en France après la
bataille de la Boyne, et j'ai vu la famille
royale à Saint-Germain.

— Et comment est notre bon roi, notre
sainte reine, et le prince de Galles, ce noble
enfant dont la naissance a été le sujet de

tant de calomnies? Malédiction sur le parlement, sur les docteurs et les maudites têtes rondes ! »

Ces mots furent prononcés avec assez de violence. Une porte s'ouvrit, et l'on vit entrer deux femmes simplement vêtues, mais dont le port majestueux annonçait une haute naissance. La nourrice se leva avec précipitation, et courut au-devant d'elles :

« Miss, voilà les deux princesses Marie et Anne qui viennent me visiter. »

A ces mots, miss Anna pâlit; ses jambes tremblèrent de timidité.

Les deux princesses embrassèrent la vieille mistriss Suppleton, et s'assirent pour prendre ensemble le thé et le lait que la nour-

rice était dans l'habitude de leur préparer;
elles fixèrent un œil bienveillant, quoiqu'un
peu scrutateur, sur miss Perkins.

« Quelle est cette jeune fille? demanda la
reine.

— Elle m'est adressée, Madame, pour être
recommandée à Votre Altesse Royale. » ( La
bonne vieille avait su se conserver le privi-
lége d'appeler la princesse par son titre
*légitime*, et miss Suppleton ne pouvait se résigner à la nommer du titre de Majesté. )

La conversation ne se prolongea pas sur
miss Perkins : la jeune fille se retira à l'écart
par respect, et la princesse Anne lui fit une
légère inclination de tête.

« Bonne Mistriss, dit la reine, il y a eu

bien du bruit dans le palais aujourd'hui! cela vous a peut-être fatiguée...

— J'y suis habituée, Madame, depuis que notre pauvre Angleterre est si tourmentée par les méchans! Eh! quel beau temps que celui où je portais Votre Altesse Royale et sa sœur, la princesse Anne, sur les genoux de S. M. la reine d'Angleterre!

— Oui, dit la reine avec vivacité; mais les temps sont changés. Mon père a attaqué l'Église et les libertés : le parlement a posé la couronne sur une autre tête..... Vous devriez vous en souvenir, mistriss Suppleton!

— Et pourquoi repousserions-nous ces mémoires heureuses d'enfance, ma sœur? répondit la princesse Anne. L'Église a demandé ce sacrifice : intimement liée aux wighs, je l'ai fait, comme vous, pour le bien de l'Angleterre; mais cela n'empêche pas de porter sa famille en son cœur.

—La famille n'est rien à côté de l'Église et de l'État. Ce n'est pas au moment où les jacobites conspirent ouvertement contre le roi, qu'il faudrait rappeler ces souvenirs. » Marie dit ces mots avec aigreur.

« Je comprends peu de chose à toutes ces questions; mais, avec tout le respect que je dois à Vos Altesses Royales, elles auraient été plus heureuses à côté du trône que sur le trône où devait régner S. M. le roi Jacques, votre père, et après lui S. A. R. le prince de Galles, de présentement à Saint-Germain.

— Vous croyez donc, dit la reine toujours avec dépit, à la légitime naissance du prince de Galles?

— Tout comme je crois à celle de Votre Altesse Royale : j'ai vu et tâté le ventre de la reine comme je l'ai vu et tâté à votre propre naissance! »

La princesse Anne demeura pensive, tandis que la reine s'écriait : « Vous seule au palais vous exprimez aussi librement, mistriss Suppleton! Heureusement le roi n'en est pas informé! »

La princesse Anne paraissait toujours plus réfléchie; elle jetait les yeux sur sa sœur et sur la nourrice; elle disait de temps à autre à demi-voix, comme toute préoccupée : « Le plan de lord Marlborough est bon : on pourrait rendre la couronne au prince de Galles après la mort du roi actuel; mais les intérêts de l'Église anglicane, à qui les confier? peut-on les mettre dans les mains d'un prince papiste? »

Les deux princesses achevèrent la petite tasse de thé, et mistriss Suppleton le servait avec une tendresse respectueuse. A la fin, la reine se leva : « Je rentre, dit-elle, un peu de meilleure heure que de coutume, chère Mistriss. Le roi fait demain une partie de chasse près de Hyde - Park ; les équipages sont commandés.

— Le prince d'Orange sort demain !... il sort demain ! répéta à voix basse miss Anna, qui s'était retirée dans un coin de l'appartement. Voilà ma mission accomplie, braves amis ! Comment les prévenir assez promptement ? comment tout préparer pour l'attaque ? »

Et les princesses, qui n'avaient vu chez elle qu'une gracieuse fille, lui sourirent comme à quelqu'un qui ne fait pas un projet de mort contre une tête couronnée.

# Le Complot.

———

QUE c'est chose belle à voir qu'un combat de francs compagnons luttant corps à corps dans la plaine! Je n'aime pas ces batailles régulières, où les soldats, comme attachés par bataillons, se meuvent ainsi que des machines. Parlez-moi de ces attaques isolées, de ces petits escadrons caracolant dans la plaine, qui croisent vaillamment le fer; parlez-moi de ces nobles barons, ou seulement de ces braves cavaliers au justau-corps, au large chapeau à la plume de coq, tels que l'école flamande les reproduit, atta-quant un convoi, mêlant leurs belles cri-nières de chevaux et leurs larges rapières!

Miss Anna ne revenait plus de sa joie; elle connaissait ainsi le moment où le prince d'Orange viendrait se livrer aux braves compagnons de la taverne des Trois-Cou-ronnes. Sa mission était remplie : demain l'attaque devait avoir lieu; demain la cou-ronne légitime d'Angleterre allait être sau-vée; le duc de Berwick, digne de son illus-tre maison, allait prendre son rang. Il se souviendrait peut-être qu'une jeune Miss avait rendu quelques services à la cause royale..... Elle était ainsi tellement rêveuse, miss Anna, que la bonne nourrice s'en aperçut.

« Qu'avez-vous, mon enfant? vous paraissez absorbée par de noires idées! Les princesses vous auraient-elles durement regardée?

— Oh! non, Mistriss : les princesses ont l'air doux; mais cet aspect imposant de la cour... Je n'y suis point habituée; cela me jette dans un grand trouble.

— Il faudra bien vous y faire pourtant, si vous entrez dans le service de Wittehall. »

Miss Anna paraissait impatiente : tant de choses étaient à préparer pour le lendemain! Il fallait rassembler les chevaux, se procurer des armes, prévenir les diverses escouades..... La jeune miss prêtait peu d'attention aux beaux discours sur la légitimité, dont la vieille assaisonnait toutes ses conversations. Miss Perkins prit congé d'une manière un peu brusque de mistriss Suppleton, qui, ne pouvant s'expliquer cet étrange changement, murmurait entre ses dents :

« Il y a un peu de folie dans la tête de cette enfant; et comment en serait-il autrement, dans les temps difficiles où nous vivons, lorsque la légitimité est exilée d'Angleterre et d'Écosse ? »

Je n'ai pas besoin de dire que l'espace fut promptement franchi entre Wittehall et Born-Street, où demeurait Georges Barclay.

Le duc de Berwick s'était réfugié chez sir
Georges, car il n'osait confier sa personne
aux registres d'une hôtellerie.

« Le prince d'Orange est-il à nous ? s'écria
Barclay.

— A nous ! Demain, à huit heures du
soir, il revient de la partie de chasse, dit la
jeune fille.

— En êtes-vous sûre ? reprit le duc de
Berwick.

— Je le tiens de la bouche de la princesse
Marie.

— Allons donc, braves compagnons ! s'é-
cria sir Georges. Les armes ! les chevaux !
alerte, alerte ! »

Un billet chiffré fut immédiatement écrit
à tous les conjurés. Charnock, Porter, Holm,
Hungate, tous arrivèrent comme s'ils avaient
été appelés par une baguette magique.

« Nos hommes sont-ils prêts? dit le duc
de Berwick.

— A vos ordres, Milord. Nos escouades
sont équipées comme pour le jour du combat! » répondirent en chœur les nouveaux
arrivans.

Tous étaient d'une gaieté folle : qu'avaient
à perdre de bons et francs cavaliers? que
pouvaient-ils désirer?

« A quand la partie? dit Charnock.

— A demain, six heures.

— Et où le combat?

— Entre Hyde - Park et Blakhouse, répondit sir Georges.

— Point de guet-apens, ajouta le duc de Berwick ; mais une attaque de vive force ! »

Et toujours la troupe grossissait par de nouveaux arrivans subitement armés. A mesure qu'ils entraient, ils faisaient le signe convenu, et ils trinquaient le verre avec le duc de Berwick ; et toujours ce même toast : « A l'autre côté de l'eau ! »

« A demain ! à demain ! disaient-ils tumultueusement, et l'honneur britannique sera sauvé! »

Et il y avait toujours parmi les conjurés

cette figure dont j'ai parlé, cet œil moitié poché, ce regard oblique, trinquant plus fort que tous les autres.

Il était près de six heures, et toutes les dispositions prises pour le lendemain, lorsqu'on entendit violemment frapper à la porte.

« Voici du nouveau ! dit sir Georges ; serait-ce quelque constable ? serions-nous dénoncés ?

— Par la vie de ma mère ! s'écria le capitaine Kinigth, il n'entrera ici que la cervelle au plancher !

— Nous vendrons chèrement notre tête, et nous ne mourrons pas comme Charles 1er, en demandant le pardon de nos bourreaux ! » ajouta le duc de Berwick.

Au milieu de cette agitation, il y avait toujours cette certaine figure, qui alors grimaçait l'inquiétude, et aurait voulu se cacher sous la table... C'est un triste quart d'heure pour les espions de police, que celui qui précède la découverte du complot qu'ils ont dénoncé, lorsque surtout ils se trouvent parmi les braves gens qu'ils ont trahis ! leur vie tient à un coup de pistolet de dépit ou d'indignation.

# Une Séance du Parlement.

———

« QUELLE scène impétueuse ! Je n'en puis plus ! Est-ce ainsi que l'on devait traiter l'honorable chambre des communes ! »

Celui qui s'exprimait de cette manière était

comme accablé sous une immense perruque; il paraissait tout essoufflé au milieu
de la grande assemblée dont les membres venaient de voter par division sur la
question de savoir si l'on naturaliserait les
religionnaires réfugiés de France en Angleterre.

L'orateur de la chambre arrivait de son
message auprès du roi Guillaume, et on l'entourait pour savoir le résultat du rejet du
bill sur la garde hollandaise.

« Impossible d'être plus mal accueilli.

— En vérité, dit M. Forster, l'un des chefs
du parti des wighs, est-ce la peine d'avoir
fait un roi, pour voir les communes traitées
comme Louis xiv a traité son parlement, à
coups de fouet?

— C'est ainsi que cela arrive toujours, quand on touche à la légitimité des races, dit sir Henri Eldon, tory exalté.

— Bah! ce que le parlement a fait, il peut le défaire; au lieu qu'un roi légitime, c'est plus difficile, dit un membre du parti puritain, qui votait alors avec les wighs et déguisait son penchant pour la république sous un amour exalté pour les prérogatives du parlement. Et qu'a donc dit le roi Guillaume?

— Qu'il ne voulait pas être simple stathouder en Angleterre, et qu'il aviserait sur le rejet du bill, répliqua l'orateur.

— On peut toujours contraindre la couronne à l'exécuter, dit lord Forster, par le refus des subsides et en restreignant le contingent de l'armée. »

Au milieu de cette discussion générale, de petits comités s'étaient formés : chaque parti, qui faisait de l'hypocrisie et déguisait son sentiment dans les discussions des chambres, redevenait lui-même dans ces épanchemens d'intimité; là on était républicain, jacobite, puritain, en toute liberté.

Ces petits groupes s'étaient donc réunis d'eux-mêmes; et sir Francis Holm exposait aux jacobites la nécessité d'un mouvement parlementaire qui secondât les efforts du roi Jacques, tout prêt à débarquer en Angleterre.

Dans un autre petit comité, on posait la question de savoir si le parti républicain ne devait pas agir de concert avec les jacobites contre le gouvernement de Guillaume III. Ce gouvernement avait-il tenu quelques unes

de ses promesses? Qu'étaient devenus l'*habeas corpus*, les priviléges du parlement, la
liberté de la presse?

Ces intrigues existaient déjà. Des ouver-
tures avaient été faites aux républicains par
les agens jacobites; elles n'avaient pas été re-
jetées.

Quand il s'agissait d'un bill, d'un acte de
la couronne, on était wigh, tory, on respec-
tait la constitution, on faisait des protesta-
tions de dévouement au roi; mais en dehors
on agissait dans l'intérêt d'un changement
qui s'attachait plus haut qu'au système. Les
hypocrisies des partis ne sont pas rares dans
l'histoire des assemblées politiques.

On s'agitait; on discutait avec chaleur
les plans, les projets, lorsque l'huissier à la

verge noire annonça le lord Sunderland, secrétaire d'État de Sa Majesté.

Les chefs de l'opinion ministérielle vinrent
à son encontre, et le ministre prit place sur
son banc, bientôt entouré des divers partis
qui composaient la chambre; les uns venaient
là pour savoir les projets ultérieurs de la couronne et les combattre; les autres, pour les
seconder : on était inquiet des résolutions
du roi Guillaume; qu'allait-il faire avec
son parlement ?

Lord Sunderland, tout-à-fait impassible
sur son banc, répondait à toutes les questions par des demi-confidences; il ne s'a-
bandonnait à personne; disait que la chambre s'était laissée aller trop loin à ses craintes; que les gardes hollandaises étaient
peu nombreuses, dévouées aux préroga-

tives du parlement, comme à celles de la couronne.

Puis tout à coup, comme s'il avait crainte d'aborder un sujet grave, épineux, et qui touchait péniblement les communes, Sunderland dit : « A propos, je dois annoncer à l'honorable chambre que le conseil de Sa Majesté est sur les traces d'un complot formé de jacobites et de républicains, et j'ai la douleur d'ajouter que plusieurs membres du parlement y sont compromis. »

L'effet de la foudre n'eût pas été plus prompt, plus subit sur l'opposition. Il s'agissait d'un crime de haute trahison : le ministre était-il instruit ? allait-il poursuivre? La pâleur était sur bien des visages.

Quand Sunderland eut apprécié l'effet mo-

1.

ral produit par sa communication, il se retira aussi impassible qu'il s'était montré en
entrant dans les communes; et vous vous fus-
siez bien aperçu qu'il s'était passé quelque
chose d'extraordinaire, car il n'y eut plus ni
groupes, ni partis politiques.

# L'Attaque.

———

Était-ce un constable avec sa baguette blanche, venant faire exécuter la loi du pays et les statuts du roi Guillaume chez sir Georges Barclay, et conduire les jaco-bites à la tour? Préparez-vous alors, francs

compagnons, à baisser la tête, à subir le
verdict du jury.

Quelle n'était pas l'anxiété de cette troupe
déterminée! Devait-on se résigner à un siége, se barricader? Résister à force ouverte,
c'était l'avis du plus grand nombre. L'un
d'eux pourtant fut détaché pour crier le
*qui vive*, chose très-utile en pareille cir-
constance. Jugez de l'étonnement, lorsqu'on entendit la voix douce et pateline de
M. L'loyd.

« C'est L'loyd, c'est L'loyd, s'écria-t-on de
toutes parts.

— Que vient-il nous annoncer? dit le capitaine Hungate.

— Peut-être quelque nouvel arrangement

avec Sunderland ou Churchill, répliqua le
duc de Berwick.

—Oui, pour les pendre aux grandes tours»,
ajouta Charnock.

Et M. L'loyd entra, saluant chacun avec
une extrême cordialité, mais tout étonné
néanmoins de trouver si grande compagnie
chez Georges Barclay, son ami.

Un coup d'œil jeté avec sagacité eut bientôt appris à M. L'loyd qu'il s'agissait de la
grande entreprise à main armée; il s'en ef-
fraya, car cela dérangeait tous ses plans de
modération et d'accommodement. Il prit
Georges Barclay à part.

« Il est donc décidé que vous attaquez
de vive force le prince d'Orange?

— Comme vous le dites, L'loyd; tout est arrêté; nous tentons la fortune.

— La fortune, si capricieuse pour les armes, et qui souriait à mes négociations! La bonne cause a maintenant pour elle les lords, les communes, plusieurs des ministres du prince d'Orange même. Il faut agir avec prudence, et le roi Jacques sera rétabli.

— Vous vous faites d'étranges illusions, mon cher L'loyd; le parlement est une machine pourrie; à quoi peut-on désormais l'employer? Voyez-vous, il faut retremper la monarchie anglaise, il faut la jeter aux mains des jacobites ardens, déterminés; vos politiques, vos hommes à ménagemens ne valent pas six montagnards écossais et quelques uns de nos braves

Irlandais; l'affaire sera finie demain à cette heure.

— Quels sont encore vos projets?

— Simples : nous débarrasser du prince d'Orange !

— Folie ! mon cher Barclay, vous faites manquer la plus belle conception d'une tête humaine ; Marlborough et Russell vous donnaient l'armée et la flotte ; le parlement est mécontent ; l'hostilité la plus vive est déclarée entre le prince d'O-range, les lords et les communes à l'oc-casion des gardes hollandaises ; nous en profitons, et le roi Jacques sera pro-clamé !

— Paroles que tout cela ! Les armes et rien

que les armes; et comme la chanson de la conquête :

« Agitons notre lance
Comme si fût un bastonet. »

Et Georges Barclay se rapprocha du groupe, pour mettre un terme à une conversation qui le fatiguait, ou qu'il considérait au moins comme inutile.

Le jour avait déja paru; jour de victoire ou d'échafaud pour les têtes de parti! la matinée était fraîche; les conjurés se répartirent les postes; il était impossible que tous arrivassent simultanément; il fut convenu qu'on se réunirait par quartier, par simples escouades de trois hommes; le rendez-vous fut désigné pour le soir sept heures, entre Hyde-Park et le parc Saint-James, par où devait passer le prince d'Orange.

Quelle journée pesante et triste pour miss Anna! que d'idées diverses roulèrent dans sa pauvre tête! D'abord pensées de gloire et de restauration qui avaient nourri son enfance; puis le duc de Berwick qui excitait dans ce cœur un intérêt mystérieux. Il y a des momens où l'exaltation de la gloire et le fanatisme ne préservent pas des faiblesses humaines. Miss Anna suivit pensive le duc de Berwick, toujours froid, toujours insensible, toujours préoccupé d'une autre image, et qui semblait ne voir dans ces témoignages si vifs de la jeune fille qu'un de ces dévouemens politiques auxquels les vieilles races sont accoutumées.

Toute la journée se passa en préparatifs; Barclay fit seller trois forts chevaux; il examina

toutes les armes, ses forts pistolets d'arçons ;
ses mousquets à large gueule furent chargés
à plusieurs balles ; alternativement le duc de
Berwick, miss Perkins et sir Georges faisaient
des armes, s'exerçaient à l'escrime pour se
préparer au combat.

« Six heures, dit le duc de Berwick : il est
temps de monter à cheval ; le prince d'Orange
doit être sur son départ ; dans deux heures
vingt minutes il est à nous.

— Étendu mort sur le carreau, répondit
sir Georges Barclay.

— Et le duc de Berwick triomphant,
ajouta miss Anna.

— Tout cela dépend de Dieu et de notre
épée. »

Il régnait dans les préparatifs je ne sais quoi de solennel ; on n'offre pas sa vie en holocauste sans qu'il y ait un aspect de sacrifice, sans que l'existence se tapisse de deuil !

Les chevaux étaient sellés, et déjà les trois nobles aventuriers étaient sur la route d'Hyde-Park ; ils portaient l'uniforme des milices de comtés, comme s'ils allaient passer la revue du lord lieutenant ; et d'ailleurs, dans ces temps de guerre civile, il n'était pas rare de trouver des hommes armés dans les rues de Londres.

Le jour tombait, et déjà les trois cavaliers approchaient d'Hyde-Park, rencontrant quelques unes de leurs vedettes, qui échangeaient avec eux le mot de ralliement ; un peu plus loin, ils virent le capitaine Hungate avec son

escouade, et Charnock était quelques pas au-
delà; à sept heures et demie toute la troupe
fut réunie; le prince d'Orange devait passer
à huit heures, et l'on recommanda aux
hommes le silence le plus absolu; des sen-
tinelles furent placées aux quatre angles, à
soixante pas par chaque côté.

Toute la troupe était sous les armes; on
n'entendait dans Hyde-Park que le cri des
oiseaux de nuit, cri solennel qui, en face
d'un ciel couvert d'un crêpe, rappelle à
l'homme quelque chose du tombeau.

La cathédrale de Saint-Paul sonna huit
heures de son gros beffroi, et rien ne paraissait encore.

« Diable! que se passe-t-il donc? dit sir
Georges; serait-il arrivé quelque mésaven-

ture à ce damné de prince d'Orange? nous enlèverait-on la gloire de le daguer?

— Non, non, nous ne sommes pas aussi malheureux, ajouta le capitaine Hungate; voici cette épée toute neuve; elle a besoin de perdre sa virginité.

— Du calme, capitaine, car j'entends du bruit. »

En effet, une sentinelle accourait à toute bride.

« Qu'y a-t-il?

— Je n'entends pas la roue des voitures; mais j'ai vu trois ou quatre escadrons des gardes hollandaises; nous sommes trahis!

—Trahis! s'écria le duc de Berwick; y aurait-il des traîtres parmi nous!»

C'est un beau tableau que celui d'une troupe de gens de cœur qui se croient trahis; quelle noble indignation sur ces visages d'hommes!

« Je vois une foule d'habits oranges, s'écria le capitaine Hungate; vendons chèrement notre vie!

— Sauvons celle surtout du noble duc de Berwick, ajouta miss Anna. »

Et déjà le premier escadron des gardes hollandaises s'était avancé à demi-portée de mousquet, tandis qu'un second escadron avait tourné les conjurés, et s'était rangé en bataille pour couper toute espèce de retraite.

Sans perdre de temps, le capitaine Hungate se précipite sur le premier escadron, s'ouvre un passage; il est suivi du duc de Berwick, de miss Perkins, qui ne le quittait pas plus que ces fidèles écuyers du moyen âge mourant à côté de leurs maîtres.

Toute la masse d'hommes jetée sur le centre de l'escadron le fait ployer; mais les jacobites laissent des morts, des blessés; le capitaine Hungate reçoit une balle dans la tête; cinq conjurés meurent sur place; plus de dix sont blessés.

Au milieu de ce désordre, le duc de Berwick s'était sauvé dans une bruyère épaisse; il avait reçu une balle dans la main, et le sang coulait de sa blessure; miss Anna, qui ne l'avait pas perdu de vue, l'eut bientôt atteint; à l'aspect de ce sang qui coulait en abondance, elle pâlit.

« Vous êtes blessé, Milord, et il faut nous sauver! Entendez-vous le pas des chevaux qui galopent derrière nous? »

Sans perdre de temps, miss Anna arracha sa cravate, pansa la blessure du duc de Berwick; le duc fit un sourire de politesse et de reconnaissance; mais il n'y avait rien dans son regard de cette tendresse et de ce sentiment puissant qu'appelait la jeune Anna.

« Que de peines, Miss! Le sacrifice de ma vie est fait!

— Milord, cachez-vous dans la bruyère. »

Et il parut à quelque distance une troupe
de cavaliers.

« C'est un homme de cinq pieds quatre
pouces, blonds cheveux, visage à la Stuart ,
disait le chef; comme ces images pendues
dans la maison des papistes d'Irlande.

— J'ai vu le duc de Berwick dans sa jeunesse, répondit un vieux capitaine, et j'af-
firme qu'il n'était pas parmi les morts.

— Cinquante livres pour qui le livre
mort ou vif; c'est l'édit du lord maire. »

Et cette troupe passa, donnant de grands
coups dans les bruyères. Heureusement, le
sentier où s'était réfugié le duc de Berwick
ne permettait pas aux chevaux de pénétrer ;
la nuit était obscure.

Jugez de l'anxiété des deux jacobites! Le duc de Berwick souffrait de sa blessure, Miss Perkins souffrait plus encore.

# La Persécution.

———

Si j'étais jamais despote, par la tête et par
le cœur, je souhaiterais un petit attentat
contre ma personne; c'est le moment des
adresses, de cette espèce de prosternation
de tous les corps constitués, de ce roulement

de félicitations, de tendresse et de dévouement. Vous voulez des lois sévères, en voici;
des têtes à proscrire, nous vous en livrons;
ne vous refusez rien; trop heureux de
mourir pour le service de Votre Majesté!

Le lendemain, l'attentat contre le roi
Guillaume fut connu à Londres, et une pro-
clamation du lord maire annonça que les in-
fâmes jacobites avaient menacé la vie du gracieux souverain; un ordre du conseil privé
désignait par leur signalement chacun des
complices; il défendait, sous peine de mort,
de les recevoir, héberger; d'avoir le moindre
commerce avec eux, et avec Jacques actuel-
lement à Saint-Germain; il ordonnait de tirer sus, car il faut bien traiter les vaincus
comme des bêtes fauves. On fit des prières
publiques; le parlement passa des actes sus-
pensifs de l'*habeas corpus;* on s'associa pour

la défense du roi ; en un mot, Guillaume ob-
tint tout ce qu'on lui avait refusé quelques
jours auparavant, et l'opposition disparut.

Jugez de tout le dépit de M. L'loyd, qui
avait fait de si beaux projets sur le parlement : il était moins préoccupé du danger
qui menaçait sa vie, que de ce désappointe-
ment que sent tout faiseur de projets quand
il voit toutes ses illusions détruites. Qu'était
d'ailleurs devenu le duc de Berwick ? Les
bruits les plus tristes circulaient dans des
groupes nombreux qui se forment toujours
en pareilles circonstances : on affirmait que
le duc de Berwick était resté parmi les morts,
et qu'on avait retrouvé cette belle tête dans
la poussière ; et cette pauvre miss Anna, avait-
elle péri victime de son dévouement ?

Tout préoccupé de ses pensées, M. L'loyd

parcourait les rues de Londres, n'osant point
réclamer d'asile, et cherchant à échapper au
signalement des constables. Parvenu devant
la vieille cathédrale de Saint-Paul, il lisait
une de ces grandes affiches où se trouvaient
inscrits les noms des conjurés ; et quand il
arriva à son nom : *L'infâme L'loyd* ( n'est-on
pas toujours infâme quand on ne réussit pas !),
*agent secret de Jacques II*, il se sentit, derrière lui, presser la main avec violence.

Si vous avez été jamais compromis dans
une conspiration, vous devez juger ce que
c'est qu'un de ces serremens de mains par
derrière, le lendemain que cette conspiration
a échoué. M. L'loyd se crut perdu ; c'était
sans doute un de ces hommes de police aux
aguets, une de ces espèces de pourvoyeurs
de potence à qui on donne une prime pour
chaque tête. M. L'loyd se retourna, et il re-

connut, à travers le bizarre déguisement d'un matelot de Guernesey, son ami Georges Barclay.

Georges le tira à part : « Le coup a manqué; mais si l'orange pourrie n'a pas été pressée jusqu'à son dernier jus cette fois-ci, elle le sera prochainement : nous avons encore de la poudre et du plomb.

— Et de l'ellébore plus encore, mon cher Georges. Voilà toutes nos espérances déçues; l'attentat de cette nuit a tout compromis; il raffermit le trône de Guillaume d'Orange.

— S'il a affermi son trône, il n'a pu assurer sa vie; tout homme qui a fait le sacrifice de la sienne peut frapper cette tête-là comme une autre.

— Encore des folies !

— Nous sommes déterminés à ne pas nous laisser égorger comme des moutons, et à saluer le bourreau de nos épées.

— Et vos amis, où sont-ils? le duc de Berwick ?

— Le capitaine Hungate seul a été pris blessé.

— Pauvre Hungate !

— Les autres ont fui, et avec l'aide de Dieu ils ne seront pas saisis : nous avons des protecteurs et des partisans à Londres. Avez-vous un asile, L'loyd?

— La terre, les bois et les vagues.

—Je suis plus heureux, quoique moins habile, et j'ai trouvé une retraite sûre chez une pauvre et vieille femme dans Westminster. La loyauté se cache dans les basses conditions ; nos jacobites politiques se garderaient bien de compromettre ainsi leurs têtes. »

Et tandis qu'ils disaient ces paroles, de nombreuses troupes de constables parcouraient les rues, proclamant les noms des conjurés, répétant leur signalement, et défendant de donner asile aux coupables.

M. L'loyd et sir Georges se cachèrent un moment dans les groupes, discourant eux-mêmes sur la noirceur du complot.

Quelques uns du peuple disaient : « Ma foi, ce coup a manqué de peu de chose. C'é-

taient de braves et francs gentilshommes que
ceux qui ont osé attaquer les gardes hollandaises ; quarante orangistes ont mordu la
poussière.

— Bien dit ! » s'écria sir Georges comme
par un mouvement spontané.

M. L'loyd le tira par la veste. « Que faites-
vous ? imprudent !

— Un noble cœur dit ce qu'il pense.

— Il a raison, il a raison, » répétèrent
plusieurs voix.

Et sir Georges se tournant vers M. L'loyd :
« Si tous nos seigneurs temporels et spi-
rituels étaient comme ceux-là, l'affaire se-

rait bientôt faite; le peuple seul a de la loyauté ! »

Sir Georges et son compagnon s'acheminèrent vers un carrefour de Westminster, où une pauvre femme leur ouvrit une toute petite porte.

« C'est un des nôtres, mistriss Preston.

— Qu'il soit le bienvenu, et que Dieu le bénisse ! »

# Le Républicain.

———

Ils étaient l'un près de l'autre, osant à peine
respirer, dans la bruyère, miss Anna et le duc
de Berwick; et c'était quelque chose de triste
que cette nuit de dangers et de craintes, où
une fille aimante se trouvait près de celui

qu'elle adorait; et celui-là ne comprenant ni son regard ni son cœur, n'avait d'autre pensée que cette Arabella Russell aux passions puissantes, qu'il n'avait vue qu'un moment, et que peut-être il ne retrouverait jamais.

La nuit était froide. Une heure avait sonné, et l'on n'entendait plus le pas des chevaux. Le duc de Berwick et miss Perkins se levèrent de la bruyère qui les cachait, s'avancèrent à petits pas : la blessure du duc lui causait des douleurs aiguës; mais il ne poussait pas le moindre gémissement; il craignait qu'on n'épiât ses douleurs; car il en est ainsi quand on a affaire à la police : souvent la douleur d'un blessé le signale à l'échafaud.

Miss Anna précédait le duc de quelques

pas; elle portait de tous côtés ses regards curieux et craintifs La lune était toujours cachée sous d'épais nuages; et je pourrais vous faire ici la plus belle description du monde, pour peu qu'il y eût un beffroi, quelques hiboux et un monastère en ruine.

« J'entends un pas d'homme! dit le duc de Berwick avec crainte; quelle direction nous faut-il prendre?

— Je ne connais pas ces bruyères, Milord; mais j'aperçois une route frayée, confions-nous à la fortune; elle ne manqua jamais à vos ancêtres! Charles ii fut également proscrit, il erra dans les campagnes, et puis Charles ii adoré de ses sujets remonta triomphant sur le trône d'Angleterre.

— Miss Anna, les temps s'accompliront;

il est dans la destinée de notre race de conquérir le trône l'épée à la main ; mais silence !
voici venir un homme ! »

Et un homme s'avançait sifflant un air pa-
triotique du règne des saints* et de la république ; il était d'une assez haute taille, et
ses vêtemens étaient ceux d'un simple ou-
vrier ; un large chapeau noir, une veste
brune jetée avec négligence.

« C'est un marchand de charbon de cette
forêt, dit miss Anna.

— La chose est possible ; il est bon de
nous en assurer.

* Ainsi s'appelait le conseil militaire qui précéda le pro-
tectorat de Cromwel.

— Ami! cria d'une voix fatiguée le duc de Berwick, la route de Londres? nous sommes deux chasseurs égarés, et nos chiens nous ont entraînés dans une mauvaise piste.

— En effet, répondit l'homme, vous vous êtes passablement égarés; vous voilà à plus de dix milles de Londres sur la route de Cantorbery; je vous conseille de chercher un gîte dans quelques uns des grands châteaux qui bordent cette route. »

Puis s'adressant au duc de Berwick :

« Tu es blessé? et je vois que la fraîcheur et la fatigue de la nuit ont épuisé tes forces. »

Le duc pâlissait; ses joues se couvraient

d'une sueur froide ; un rayon de la lune qui
perça les nuages, montra aux yeux de miss
Anna les traits décomposés du duc de
Berwick.

« Miséricorde! Milord, vous vous trouvez
mal ; » et le duc se laissa tomber à terre
presque sans connaissance.

Miss Anna se jeta à genoux : « Au nom du
ciel! mon brave homme, aidez-moi à sauver
ce blessé!

— Les statuts nous le défendent, répondit l'étranger : mais pour obliger mon semblable, je n'hésite jamais; le premier château n'est pas loin, et je n'en suis pas connu;
d'ailleurs quels statuts nous engagent, nous,
hommes libres devant Dieu et soldats de
père en fils du règne de Jésus et de la ré-

publique d'Angleterre. Je ne dois rien pas plus au prince d'Orange qu'aux Stuarts ! Mon aïeul, le saint Harisson, vota la mort du roi Charles et fut un des premiers à signer l'adresse des comtés pour féliciter le parlement de ce grand acte ; quant à son petit-fils, *il mange la tête de veau** à chaque anniversaire avec le vieux régicide Ludlow et le brave Devonshire. »

Miss Anna écoutait en frémissant ces paroles, et cet homme avait saisi la belle tête du duc de Berwick, il l'enveloppait dans ses mains noires, comme le bourreau avait enveloppé celle de Charles I$^{er}$ dans un crêpe : le duc avait perdu connaissance ; miss Anna

---

* Coutumes des républicains de célébrer l'anniversaire du supplice de Charles 1$^{er}$ par la sanglante allégorie d'une tête de veau qu'ils dépeçaient et se partageaient.

l'avait pris par les pieds, et tous deux le portaient ainsi à travers les ravins profonds et les bruyères épaisses.

La jeune miss avait recueilli toutes ses forces; elle sentait les dangers de sa position; le moindre retard devait amener les régimens des gardes; la forêt pouvait être entourée, et puis le duc de Berwick, ce fils des Stuarts, blessé, sans connaissance et dans les mains d'un fils de régicide; fatalité étrange !

« Ton compagnon a donc été blessé à la chasse? dit Tom, son arquebuse a éclaté; on fait si mal les armes maintenant à Londres !

— L'arquebuse était trop chargée en effet, elle a éclaté.

— Est-ce le cerf, ou le sanglier, ou la poitrine d'un tyran qu'il a poursuivi? reprit
avec un étrange sourire le charbonnier; ne
me cache rien, jeune homme; je suis un républicain, un de ces cœurs qui savent res-
pecter le courage et le dévouement; j'ai
appris à braver l'échafaud. »

Et miss Perkins était toute tremblante.

« Je sais, continua le charbonnier, que
le prince d'Orange a été vivement et cou-
rageusement attaqué; je m'associe à tout
projet qui me délivre d'un roi; Samuel
n'a-t-il pas dit que c'était le présent le
plus fatal que Dieu ait fait aux peu-
ples? Pauvre jeune homme! tu étais de
ces braves. »

Et miss Anna se taisait.

« Je respecte ton secret; tu as peur sans
doute de la police et des constables; nous
vivons dans un temps si loyal! Au reste,
nous voici devant un château, je vais dé-
poser à la porte ton compagnon; souviens-toi
de Tom le Machabée, le vice-président du
comité de la Tête-de-Veau, le chef des clubs
secrets qui enveloppent le tyran comme
dans les filets que le tigre ne peut déchirer.
Nous sommes partout dans son palais, dans
ses gardes, parmi ses domestiques; et si
nous n'avions confiance en la princesse
Anne qui protége la vieille république
d'Angleterre, la vie du roi serait à nous. Au
reste, jeune homme, tu pourras avoir besoin de moi et de mes compagnons; je veil-
lerai sur vous. Et que nous importe pour
qui tu combats? un roi de moins est un
bienfait; nous le prenons de quelle main
qu'il nous arrive; adieu! »

Le duc de Berwick avait repris assez de connaissance pour entendre ces derniers mots ; Tom avait disparu, tandis que miss Anna Perkins sonnait la grande cloche du château pour demander l'hospitalité.

C'était s'exposer aux dénonciations commandées par les statuts : mais comment agir d'une autre manière ? pouvait-on se livrer sur la grande route aux constables, à la yomanry ?

« Où sommes-nous, Miss ? dit le duc de Berwick en ouvrant les yeux.

— Au pied d'un château dans une situation romantique.

— A quel maître appartient-il ?

— Je l'ignore encore. »

Et l'on entendit la voix d'une jeune fille; émotion mystérieuse et douce.

« Est-ce toi, Arundel? »

Et aussitôt un jeune page que les deux étrangers n'avaient pas aperçu, se montra derrière une haie en appelant Betzy; la grille s'ouvrit, et le page entra dans le parc dont la porte ne se ferma point; le duc de Berwick et miss Perkins purent ainsi pénétrer sans être aperçus dans l'intérieur du château.

Betzy et Arundel s'étaient rapprochés; leur conversation n'était interrompue que par de longs baisers et le bruissement des soupirs qui révèlent le plaisir, le mystère et l'amour. O vous qui par une belle nuit

d'été entendez la voix d'une jeune fille à
travers la grille qui la sépare encore de
vous, dites-moi quel bonheur vous éprou-
vez lorsque vous entendez le froissement
de sa robe légère, lorsque vous pressez
ses mains et ses lèvres; lorsque enfin!.....

Mais je reviens au duc de Berwick et à miss
Anna : ils écoutaient tous deux; et en présence de ces transports si vifs et qui exci-
taient une si puissante sympathie dans le
cœur de la jeune miss Anna, le duc de
Berwick dissertait avec une froideur cruelle
sur les moyens d'échapper aux poursuites
du prince d'Orange; pas un soupir! pas
un regard! pas une expression qui ré-
pondissent au cœur de miss Anna! et s'il
y avait une pensée, elle n'était pas pour
elle; la pauvre fille était dans un trouble
indéfinissable!

« A demain, dit Betzy au beau page; ne manque pas à la même heure, sous les coudriers; Milady passe huit jours à son château : toutes ses femmes l'accompagnent, et je resterai avec ma cousine.

— Oui, à demain, répondit Arundel, ma divine Betzy, je te verrai demain au château, bien froide et bien parée.

— Que veux-tu? la destinée nous poursuit, et nous demandons à la nuit ce que le soleil ne peut nous donner.

— Le jour paraît, dit le duc de Berwick à voix basse; je suis accablé de douleur et de fatigue; cherchez, mon noble compagnon, à me faire un lit de feuilles sous ces grands arbres du parc, et reposons quelques heures. »

Avec un zèle, une ardeur que rien ne pouvait affaiblir, miss Anna rassembla de grandes feuilles de marroniers, en fit une espèce
de couche sauvage pour le duc de Berwick;
elle-même, accablée de fatigue, s'endormit
à ses côtés.

Destinée fatale qui poursuit quelquefois
les grandes races de rois! Oui, vous devez
coucher sur la terre, vous que le sort a
renversé d'un trône! il vous faut un cœur
au-dessus des tempêtes; il vous faut une de
ces têtes qui se parent des lauriers de la
victoire, ou qui tombent fières et puissantes
encore sur l'échafaud.

# Une Femme.

———

Et lorsque le duc de Berwick ouvrit les
yeux, le soleil commençait à s'élever sur
l'horizon et à réchauffer la terre humide ;
à ses côtés et agenouillée comme ces mélan-
coliques figures anglaises des portraits de

Lawrence, une jeune femme élégamment
vêtue; elle paraissait contempler les traits
du duc de Berwick avec un tendre intérêt et
craindre d'abréger par son haleine un sommeil si nécessaire après de longues fatigues.

Quand dans une nuit d'orage et de guerre
civile, au milieu de ces sommeils tourmentés
par des rêves d'échafaud et de sang, l'on peut
contempler au réveil une femme gracieuse,
de jolis bras blancs, un pied accompli, une
de ces physionomies de douceur et d'abandon, le cœur bondit de joie!

Dès que la jeune femme vit le duc de
Berwick se réveiller, elle lui serra la main
avec une expression indicible : « Vous paraissez bien fatigué; venez vous reposer
au château, vous et votre compagnon de
voyage.

— Ciel! dit le duc de Berwick, à voix basse, c'est la noble dame du château de Shrewsbury. » Puis reprenant : « Nous sommes si malheureux! Milady. »

Silencieux par caractère, le duc était entraîné à des aveux, on ne sait par quelle attraction magique.

« Malheureux! Sir, il est dans les devoirs d'une femme de tendre la main aux infortunés. »

Et leurs yeux se rencontraient sans cesse et leurs mains se pressaient déjà l'une dans l'autre.

A ce moment miss Anna s'éveilla, en poussant un cri, poursuivie par un rêve fantastique : elle se trouvait dans une église

éclairée de mille cierges; tout respirait la
pompe; l'encens fumait sur l'autel; Anna
portait sur le sein le bouquet de mariée; le
duc de Berwick était à ses côtés plein de
gaieté et de vie; il allait la nommer son
épouse; elle rougissait de plaisir et de bonheur. Tout à coup ce spectacle s'était éva-
noui; ce cortége de jeunes filles, d'élégantes
compagnes envieuses de son bonheur, s'é-
tait comme décharné, ces corps si gracieux
bruissaient comme des squelettes; l'église
s'était tendue de crêpe; l'autel brillant de
clarté avait fait place à quelque chose de
noir et de triste qui ressemblait aux pierres
sépulcrales du grand cimetière de Westminster; et au milieu de ces tombes, Anna
s'était trouvée seule, couronnée de cyprès,
revêtue de je ne sais quelle robe parsemée
de larmes de sang; elle voyait devant elle un
échafaud dressé sur lequel était écrit en

lettres blanches comme des ossemens :
*Pour Anna Perkins.*

Au cri que poussa Anna en s'éveillant, le
duc de Berwick était accouru et l'avait prise
par les mains.

« Ce n'est rien, Milord, dit-elle, ce n'est
rien : un simple rêve, un enfantillage m'a
tourmentée.

— Un rêve! dit la dame, contez-le-moi,
car moi je crois aux rêves. »

Anna rougit, s'excusa sur ce qu'elle ne
s'en souvenait plus.

Et la jeune dame s'avança vers la grande
avenue du château, suivie de ses deux compagnons; le duc de Berwick, très-fatigué,

marchait avec peine; Anna paraissait toute préoccupée; était-ce le souvenir de son rêve, ou la présence d'Arabella Russell qui l'inquiétait?

On arriva jusqu'au perron du château, et le duc de Berwick, jetant les yeux sur les armoiries qui en décoraient la porte, reconnut le blason de sir John Russell.

« Nous sommes donc chez lord Russell? dit le duc de Berwick.

— Oui, Sir, répondit la dame avec une de ces paroles pénétrantes d'inquiétude, et je suis sa femme : mais, Sir, n'avez-vous pas été accueilli chez lady Shrewsbury, ma tante?

— En effet, Milady, et pourrait-on vous oublier?»

Le duc de Berwick roulait mille pensées; se ferait-il connaître? implorerait-il la pitié de John Russell? Lady Russell lui inspirait un entraînement, une confiance indéfinissables, et puis ses yeux rencontraient sans cesse les siens! Ils ne s'étaient vus que deux fois, et déjà un siècle d'amour, de passions et de désirs semblait les rapprocher.

Lady Russell, par ce pressentiment qui l'avait saisie lors de la visite du jeune Montmouth, n'osait l'interroger; toute la contrée retentissait de l'événement de la veille, de la tentative d'assassinat sur le prince d'Orange; elle semblait prévoir que l'un des deux étrangers était ce Stuart proscrit, et quelle vie maintenant pouvait lui être plus précieuse! que n'aurait-elle pas donné pour protéger ces nobles jours!

« Milord Russell est donc absent ? reprit le duc de Berwick.

— Ainsi que vous le dites, Sir, il est à Portsmouth pour veiller à l'armement de la flotte. »

Pendant ce temps, miss Anna Perkins avait été conduite dans une pièce voisine ; aurait-elle jamais pensé, la jeune fille, que cette âme si froide du duc de Berwick allait tout à coup s'animer pour une autre âme, et abîmer tout espoir pour la pauvre Anna !

Avez-vous quelquefois trouvé une femme à passions violentes et sincères ? elle n'a pour vous alors ni cette coquetterie de résistance, ni cet art qui retarde le bonheur pour le faire goûter plus profondément ; chez la femme qui réfléchit, rien n'est abandon, les instans sont comptés; elle sait quand elle doit céder, et ce qu'elle peut céder; prenez une âme aimante, et là vous aurez tout par entraînement; celle qui vient à vous est une courtisane, ou quelque chose qui n'est pas vulgaire.

La blessure du duc de Berwick était légère, et Arabella avait pris soin elle-même d'en calmer les douleurs, car elle craignait que le bruit ne se répandît parmi ses domestiques que l'un des deux étrangers était blessé.

La tête d'un proscrit a quelque chose de sacré; c'est une grande puissance sur une imagination de femme que ce sacrifice d'une destinée jouée au hasard. Elle était donc là, Arabella, haletante d'inquiétude, toute

à la douleur du duc de Berwick , déchirant
ses robes de soie en lambeaux pour refermer
la blessure du proscrit , trempant ses mains
dans le sang des batailles , lien puissant
pour un cœur où les nobles choses, les hé-
roïques dévouemens se mêlent aux grandes
passions de la vie.

Tous deux échangeaient ce souffle d'a-
mour, âme de l'univers; la fièvre faisait
bouillonner tout leur être; ce n'était plus
la main d'un blessé que pressait une autre
main , mais la poitrine d'un homme pal-
pitant sur la bouche d'une femme colorée
de passion et de désir; épisode fugitif de
bonheur et d'oubli, où l'être secoue un
moment son linceul de douleur pour
s'abîmer dans la volupté! Arabella avait
voilé l'image de son époux , et pourtant elle tremblait encore de demander le

nom de cet être si puissant sur elle, qu'elle lui avait tout cédé.

« Qui donc es-tu? lui dit-elle avec une crainte aimante, toi qui m'as fait tout oublier, jusqu'au devoir?

— Un malheureux proscrit, Arabella, tiens, regarde. » Et le duc de Berwick lui montrait une affiche que les constables avaient envoyée dans tous les châteaux pour signaler les jacobites. « Regarde! mille guinées pour qui livrera, mort ou vif, James, duc de Berwick; il n'y manque rien, car voilà son signalement : figure et cheveux blonds, traits et taille des Stuarts.

— Ciel! mes pressentimens se réalisent; vous êtes le duc de Berwick?

— Vous le savez, Arabella, le malheureux fils du roi Jacques, proscrit, et qui maintenant expose sa tête à tous les constables des trois royaumes. »

Milady Russell était restée comme muette d'étonnement; une triste pensée l'avait poursuivie; elle ne pouvait douter de son malheur; elle était pâle, les yeux tristes, la chevelure éparse, et, dans le double délire d'un plaisir qui s'éteint et d'une ère de malheur qui commence; elle réfléchit quelques temps, puis elle s'élança dans les bras de son amant :

« James ! je te sauverai, dût-il m'en coûter la vie! O ma patrie! noble Angleterre, tu n'as pas voulu que je te sacrifiasse mon âme ! James, continua lady Arabella, tu me connais maintenant; je suis de feu; Dieu a placé là une tête ardente, une grande puissance de passions! je suis à toi, je ne te quitte pas; tu vois ce que je suis devenue (et elle montrait le désordre de ses vêtemens); plus de devoir! mais de l'amour, de l'amour brûlant; tu ne me trompes pas, n'est-ce pas James?

—Que l'échafaud atteigne la tête du pauvre Stuart, Arabella, si aucune autre possède ce cœur!

— Eh bien, James! la vie entière, à toi, dans les bruyères où se cachera ton existence, en face des gardes hollandaises s'il le faut, combattant l'arquebuse en main! Cause des Stuarts, tu deviens la mienne, parce que James est mon amour!

— Arabella, y penses-tu! sais-tu ce qu'est

la vie d'un proscrit? faible femme, tu quit-
teras tes moelleuses étoffes, tes grandes salles
de festins et de bals, tes tapisseries de soie
pour de sombres nuits, aux rêves de sang et
d'immolation; on te fuira; si quelque main
presse la tienne, tu te diras : N'est-ce pas une
main de police! Plus d'abandon, plus de joie;
chaque soir tu toucheras ta tête de tes deux
mains pour savoir si elle est encore sur tes
épaules; et la mort n'est rien encore à côté
de cette existence toujours haletante, de cette
incertitude, supplice d'enfer.

— Qu'importe, James, et penses-tu bien
aux joies de la femme d'un proscrit? Elle
abandonne ses grandeurs ennuyeuses, ses
palais tapissés d'ancêtres, et tout pour lui; ses
dangers accroissent son amour; la vois-tu,
fière d'être aimée sans partage, parcourant
les bois de ses pieds glorieusement meurtris!

la vois-tu s'exposant chaque jour pour l'amant de son cœur, soignant ses blessures, veillant à ses besoins, touchant peut-être le bourreau de ses larmes, et pour dernière joie montant sur l'échafaud avec lui, contente du moment suprême, car elle était seule aimée! »

Et Arabella enlaçait le duc de Berwick de ses bras d'albâtre.

Et en ce moment la porte s'ouvrit, et miss Anna Perkins ne parut que pour pousser un cri et s'évanouir!

Je ne sais si je juge mal le cœur, mais une passion éclate avec violence, lorsque, long-temps cachée, elle se révèle tout à coup par un de ces accidens qui froissent l'âme. Une femme peut dissimuler long-temps qu'elle aime; mais si tout à coup elle aperçoit une rivale heureuse, si elle la voit aimée, si elle entend la bouche qu'elle adore en secret exprimer un tendre sentiment et s'appliquer brûlante sur une autre bouche, alors le sentiment, vague d'abord, prend un corps et se révèle plein de feu à qui voulait l'ignorer encore.

Ainsi, miss Perkins apprit la passion qu'elle éprouvait ; elle sut son amour et son désespoir ; elle tomba sans connaissance.

« Miséricorde ! s'écria Arabella Russell, votre jeune compagnon se trouve mal ! »

Aussitôt elle se précipite, elle cherche à lui rendre la vie ; elle déboutonne l'habit qui serre sa taille.

Milady Russell pâlit à son tour ; elle s'écria

avec un de ces mépris profonds, une de ces douleurs contractées :

« Tu m'as trahie, James, c'est une femme ! souviens-toi de ton serment ; vengeance ! Devais-je m'attendre à autre chose de la race des Stuarts ! »

Et elle sortit.

# Le Club de la Tête de Veau.

---

Imaginez la position du duc de Berwick :
il était accouru pour prêter aide à miss
Anna évanouie; le regard foudroyant de lady
Arabella Russell l'avait jeté dans un abatte-
ment effrayant. Dire qu'on sort des bras
d'une femme qu'on aime, et puis, pour pre-

mière récompense, la déchirer, lui donner un horrible soupçon, une de ces douleurs qu'un cœur d'amante ne pardonne jamais! Le duc de Berwick ne s'expliquait que par les causes ordinaires l'évanouissement d'Anna Perkins; il n'était entraîné vers elle que par un sentiment vague d'humanité, par cette amitié tendre qui naît d'une confraternité d'infortunes; il était si éloigné de la passion de la jeune fille, que sa pensée tout entière ne se porta que sur lady Arabella Russell.

Anna revenait à peine, et le duc de Berwick lui serrant fortement la main, s'écria : « Miss Anna, vous êtes la cause de mon malheur! avez-vous entendu milady Arabella Russell ?

— Milady Russell, répondit Anna, milady Russell! oh non, Milord.

— Eh bien! votre déguisement n'a pu cacher votre sexe; Milady a pensé qu'un lien
secret nous unissait; des soupçons horribles
sont nés dans son esprit; Miss, il faut la dé-
tromper, je l'attends de votre amitié et de
votre dévouement. »

Et Anna couvrait de ses mains son visage;
elle laissait aller quelque mots entrecoupés :
« Milord! quelle commission! à quelle épreuve
vous me mettez! » Puis se relevant avec
fierté : « J'obéirai; conduisez-moi auprès de
milady Russell. »

Et à ce moment un bruit se fit entendre;
la porte s'ouvrit avec violence, et Tom le
Machabée, l'homme mystérieux de la forêt,
parut, couvert de sueur.

« Vous ne m'attendiez, pas frères; mais

j'accours vous sauver et particulièrement toi, James Stuart, car tu es de race bâtarde et ne porteras pas couronne. Ainsi l'ont décidé nos frères du club de la Tête de Veau.

— Et de quoi nous sauver? dit le duc de Berwick.

— De ce que tu crains avant tout, Stuart, de l'horrible supplice de tomber dans les mains du prince d'Orange.

— Et qui t'a appris que le prince d'Orange sait mon asile?

— Et par Dieu! nos frères, qui sont instruits que dans deux heures les constables environneront ce château.

— Il y a donc eu trahison?

1.                                                            16

— Tu as été dénoncé.

— Et par qui?

— Comment! tu ne le devines pas? Celle qui a oublié les saints commandemens d'Israël sur l'adultère, celle qu'il faudrait lapider dans les champs d'Ebron t'a donné ce dernier baiser.

— Arabella Russell!

— Oui, cette femme douce, qui naguère dans tes bras te prodiguait les feux d'enfer.

— Horrible idée! atroce imposture!

— Tout ce que tu voudras, James : tu es jeune encore, et tu ne sais pas qu'en dehors

du peuple et dans les hauts seigneurs il n'est
que crimes et parjures épouvantables. »

Tom regardant ensuite par l'étroite croi-
sée :

« Dépêche-toi, dépêche-toi, si tu ne veux
être dans une heure aux mains du prince
d'Orange; on me fait le signal que les gardes
ne sont plus qu'à deux milles ! »

Je ne sais pourquoi cet homme exerçait un
mystérieux et puissant ascendant par ses
gestes, sa parole, ses regards.

« Et comment nous sauver? dit le duc de
Berwick.

— Fie-toi à la parole d'un vieil amant de
la république d'Angleterre, de père en fils

jusqu'à la dernière génération, fût-elle
aussi féconde que celle d'Abraham; suis-
moi. »

Et Tom traversa la longue galerie du château; sur son passage il se trouvait des domestiques, et il échangeait avec eux des si-
gnes d'intelligence; puis il s'enfonça dans le
parc et il sortit avec ses nouveaux compagnons, par une porte dérobée. Tom marchait
à pas précipités dans la forêt; arrivé près
d'un grand chêne, il dit aux deux jacobites
qu'il tenait par les mains :

« Vous voilà dans mon domaine; ne t'é-
tonne pas, James Stuart, de ce que tu vas
voir; je sais que tu as du cœur et que tu
méprises les contes de revenans et de vieilles
femmes. Voici une aventure qui va te surprendre, mais que veux-tu? il faut bien ins-

pirer la crainte pour avoir le triomphe, nous autres pauvres martyrs de l'Etat et de la Bible ! »

En disant ces paroles, Tom frappa du pied ; une trappe s'ouvrit, et les trois compagnons descendirent doucement dans une espèce de souterrain creusé dans le roc ; monument des guerres civiles au temps des Roses blanches et des Roses rouges.

Il y avait dans ce souterrain de longues galeries revêtues de vieilles armoiries de l'époque des Plantagenets, et l'auteur du *Book of Perrage* aurait pu affirmer que la possession de cet antique manoir remontait aux premiers ducs de Saint-Alban.

« Personne que moi et mes frères, continua Tom, ne connaît cette retraite inaccessible : il y avait autrefois un château en ruines ; tous les débris en ont été déblayés. Reste ici en paix sous notre protection, et raconte un jour à ton père, James Stuart, qu'il n'y a de vertus que parmi les francs et loyaux républicains. »

Le duc de Berwick, et miss Anna plus encore que lui, étaient dans un étonnement profond. Avez-vous quelquefois bouché vos yeux de vos mains le soir sur le chevet de votre lit? Combien de visions fantastiques ne se présentent pas à votre imagination? D'abord des palais enchantés, puis de riches galeries; insensiblement les objets se drapent en noir; les tombes arrivent, les souterrains, les démons malfaisans; triste et vivante image de la vie où les illusions d'or s'évanouissent pour faire place à une sombre réalité.

Tel était le duc de Berwick! Il avait rêvé un instant le bonheur; sous le coup de la proscription, il avait trouvé une femme qu'il croyait aimante, et cette femme l'avait trahi, l'avait vendu à son ennemi implacable! Maintenant il se trouvait dans les mains des républicains, à six lieues de Londres où sa ête était à prix!

Anna était comme frappée de la foudre : non pas qu'elle s'effrayât de tout ce qui se passait autour d'elle; elle avait déjà tant vécu dans les guerres civiles! elle avait vu des événemens si extraordinaires, des aventures si fabuleuses, que rien n'était au-dessus de son caractère; mais ce qui la préoccupait, c'était cette femme qu'elle avait sentie aimée! cette heureuse femme, assez puissante d'amour pour animer ce cœur du duc de Berwick, plus froid pour la pauvre miss

Anna que les statues de marbre couchées raides sur les tombes des cathédrales.

Et l'on entendit un bruit éclatant de verres, de voix et de toasts.

« Il y a là grande compagnie sous ces ruines, miss Anna. »

« A la mémoire de Cromwel, du lord protecteur des trois royaumes ! »

Ce toast fut prononcé d'une voix si forte, si puissante qu'elle retentit dans les longues voûtes du souterrain.

Machinalement le duc de Berwick s'approcha du côté d'où venait le bruit, et les fentes assez larges d'une vieille porte lui permirent de contempler un bizarre spectacle.

Représentez-vous une large table, sur laquelle pêle-mêle des cruches en terre pleines d'ale et de porter.

Au milieu, seule et isolée, une immense tête de veau couverte d'un voile noir.

Quinze ou seize personnes en rigide costume de puritain, présidées par un petit vieillard à la tête rasée, que tous les convives traitaient avec un respect profond, et à côté de lui Tom le Machabée, le compagnon de la forêt.

Et le petit vieillard découvrit de son linceul de crêpe noir la tête de veau, et y plongea son large coutelas.

« Ainsi périssent tous les tyrans! Jehova les a envoyés à Israël dans sa colère; cette

tête est l'image maudite de la tête de Charles 1er, tyran d'Angleterre et d'Ecosse, et que
Tom fasse son office. »

Aussitôt Tom prit la tête de veau, et la
dépeça en autant de morceaux qu'il y avait
de convives.

Chacun s'en servit en s'écriant : « Qu'il est
doux de manger de la tête d'un tyran ! »

Le duc de Berwick frémit !

« Conte-nous, vénérable Ludlow, toi qui
as eu le bonheur et l'honneur d'être régicide, conte-nous quelque souvenir de Noll
et de la grande époque. »

A ce nom de Cromwel, tous les convives se mirent debout, excepté le par-

lementaire Ludlow, qui protesta contre le
toast :

« Cromwel ! grande image, continua
Tom, dont la mission fut méconnue ! homme
saint et juste devant Jehova !

— Il aurait régénéré l'Angleterre, ajouta
un des convives, si les injustices n'avaient
abrégé ses jours.

— Je l'ai vu simple, modeste dans son
intérieur, s'écria un presbytérien affaibli
par l'âge ; il était tout occupé du peuple et
de Dieu, et armé du glaive spirituel du Seigneur ; sa nourriture était frugale ; il forti-
fiait ses serviteurs par la parole, contre les
Amalécites, ennemis d'Israël !

— C'était bien lui, répondit avec émotion

le comte de Devonshire*, tel que je l'ai connu; et ce parlement animé d'abord de l'esprit de Dieu; puis se laissant aller à mal contre le grand Noll, le messie des promesses, il le brisa, Cromwel.

— Et c'est en quoi il se perdit, reprit avec humeur le parlementaire Ludlow; et quand il se fut saisi de la masse d'armes, les communes disparurent.

— Et il fit bien, dirent un grand nombre de voix, car il faut que le glaive du Seigneur coupe les herbes importunes.

— Et alors commença le règne des saints.

---

\* Il était alors rapproché du parti républicain.

— Et du conseil tyrannique, s'écria Ludlow.

— Mieux valait l'armée libératrice que le
*rump* pourri ; te souviens-tu, Ludlow, lorsque Cromwel, après avoir cherché le Seigneur, entra dans le parlement avec mon
aïeul Harrisson, le colonel Lambert et ses
saints ? Que dit-il à ces hommes corrompus :
« O sir Henri Vane ! le Seigneur me délivre
« de sir Henri Vane ! » Puis à l'un et à l'autre : « Toi, tu es un ivrogne ; toi, un dé-
« bauché ; toi, un adultère ; toi, un voleur. »
Hélas ! Cromwel n'emporta la *marotte* *
qu'avec douleur ! que leur disait-il encore ?
« Vous m'avez forcé à cela ; j'avais prié le
« Seigneur nuit et jour de me faire mourir

---

* Nom que le protecteur donna par dérision à la masse
d'armes des communes.

« plutôt que de me charger de cette com-
« mission ! »

— La tête de Charles 1<sup>er</sup> tomba, continua
le presbytérien, et Noll s'était masqué parmi
les bourreaux; il tâta le corps de l'Holo-
pherne maudit dans le cercueil!

— Cromwel! éternelle sera cette grande
mémoire !

— Et tu fus proscrit Ludlow!

— Oui, lorsque la stupide race des Stuarts
se fut de nouveau imposée à l'Angleterre
avec ses courtisanes et ses babyloniens, ses
pompes et ses dissolutions. On fit le procès
aux régicides; vous pérîtes, brave Harrisson, brave Thomas Scott, et avec vous vos
forts compagnons nourris de la manne du

Seigneur; mais Dieu vous a vengés, et la race
du tyran est proscrite!

— Et la race du tyran est proscrite! reprirent en chœur plusieurs voix.

— A propos, dit Tom, vous savez que
nous avons là près de nous un Stuart!

— Un Stuart! dirent tous.

— James Berwick proscrit et bâtard, heureusement.

— Dieu nous envoie un instrument pour
ses desseins! Ecoute, dit le comte de Devonshire à Ludlow: tu sais que les jacobites sont
puissans en ce royaume désordonné. Nous
ne pouvons rien sans eux; profitons donc
de leur bonne volonté contre l'orangiste;

servons-nous d'eux pour nos desseins. Jehova n'a-t-il pas employé souvent la main des infidèles pour mener son peuple dans la terre des promesses? James Stuart peut sauver la république d'Angleterre!

— Il peut la sauver », dirent en chœur les républicains.

Et le duc de Berwick sembla se réveiller d'un songe pénible.

# Un grand Baptême.

—

Tandis que le duc de Berwick traînait sa
vie de proscrit en Angleterre, que se pas-
sait-il à la cour du roi Jacques?

Deux hauts valets à grande et puissante

livrée, conduisaient sur le chemin de Saint-Germain à Paris une chaise à porteurs de couleur verte sur or; au-devant, une espèce de coureur en bas jaunes, culotte rouge, chapeau à plumes, précédait la chaise; il faisait maintes grimaces et représentait parfaitement son rôle qui était de faire sept fois la route de Saint-Germain à Paris, tandis que la chaise roulait aussi gravement que les deux suisses qui la traînaient.

J'oublie de dire que sur la chaise il y avait de belles armoiries; deux licornes en support, une couronne en chef, puis un échiquier en pal, émaux de gueules, semé de merlettes, pauvres oiseaux sans bec ni pates, image des croisés, humbles pèlerins de Palestine.

Et puis, dans cette chaise, imaginez-vous

une figure de femme plâtrée de rouge et de blanc, ressemblant à un vieux cheval de parade surmonté de plumes, véritable type des pairesses, avec la couronne en tête, le grand manteau bleu de rigueur pour les époques du sacre.

Et les deux porteurs s'entretenaient entre eux, en reprenant haleine au Pec, attendant le bac qui devait les transporter de l'autre côté de la Seine.

« Ma foi, cette vieille Lady nous fait faire aujourd'hui une fameuse course de bourrique.

— C'est en effet un peu plus loin que de la rue de Beaux-Treillis à la Samaritaine ou sur le pont de Notre-Dame à l'enseigne du Gros Chapelet.

« — Depuis que ces Anglais sont à Saint-Germain, ils n'en font pas d'autres, et les voilà toujours sur cette route; aujourd'hui trois carosses et deux chaises nous ont précédés; trois nous suivent encore, et ce grand flandrin de coureur m'a dit qu'il s'agissait d'assister à la naissance d'un nouvel enfant du roi d'Angleterre.

— Le vieux imbécile fait plus d'enfans qu'il ne gagne de provinces, répondit le second porteur.

— Chut! et gare aux exempts de police.

— Ma foi, il n'en est pas sur le Pec, et monseigneur le lieutenant n'a pas ici juridiction. »

Le bac arriva, et la chaise passa sans accident, mais non sans les cris de milady Shrewsbury, *gare à l'eau! gare à l'eau!* car c'était elle en grand costume de pairesse; et qu'allait-elle ainsi faire? Elle allait accomplir sa promesse, assister aux couches de sa souveraine légitime la reine d'Angleterre, de présentement à Saint-Germain.

Lorsqu'elle fut arrivée sur le haut de la montée d'où l'œil de Louis XIV soulevait si péniblement les tombes de Saint-Denis, Milady quitta sa chaise pour prendre son carrosse à quatre chevaux, et elle entra tout à petits pas, comme une procession, dans la grande cour où lord Melfort vint la recevoir au nom de Sa Majesté Britannique. Lord Melfort! que ce choix était bien trouvé! lord Melfort qui ne voulait pas de concessions! quelle attention délicate pour Milady, la plus entichée de toutes les torys d'Angleterre !

Il fallait la voir monter le grand escalier, comptant chacun de ses pas , chacune de ses révérences avant d'arriver auprès de Sa Majesté la reine légitime d'Angleterre. L'assemblée n'était pas nombreuse, mais remarquable par le grand appareil et le cérémonial magnifique. On y comptait d'abord M<sup>me</sup> de Maintenon , la duchesse de Bourgogne avec ses dames, M<sup>me</sup> Meereroon, la femme de l'ambassadeur de Danemarck , qui devait constater à sa cour et à la princesse Anne que le roi Jacques avait pu concevoir; puis le premier président du parlement de Paris et M. l'archevêque. La reine sur un lit de parade, dans les douleurs de l'enfantement; autour d'elle se trouvait le petit nombre de pairs et de pairesses d'Angleterre qui avaient

suivi Jacques à Saint-Germain. La duchesse
de Shrewsbury fléchit un genou devant le
roi qui la releva avec grâce, et la bonne duchesse sourit en se souvenant de la galanterie de Charles ii dans son beau château de
Wodstoock. « Les Stuarts sont tous les mê-
mes, braves et courtois chevaliers », dit-elle
à voix basse et avec un air de satisfaction.

Et le roi lui dit :

« Milady, soyez la bienvenue, je sais toute
votre loyauté, ainsi que celle de Shrewsbury
votre fils.

— Sire, nous sommes de bonne race; et,
grâce au ciel, dans ma famille il n'est pas
de tache au blason.

— J'ai des lettres de Shrewsbury, continua

le roi; le duc de Berwick a dû le voir, et
je suis sûr, ajouta Jacques en lui serrant la
main, qu'une noble hospitalité lui a été partout accordée dans vos fiefs.

— Oui, Sire, et nous brûlerions tout nos
manoirs s'il en était autrement. »

Et la douairière alla prendre sa place sur
le banc des duchesses; elles étaient trois, et
alors commença le cercle royal; l'on causa
d'Angleterre, de l'usurpation et de l'usurpateur; et la reine embéguinée poussait de
temps en temps ces cris de douleur qui
précèdent l'enfantement; le roi Jacques, revêtu de ses ordres, attendait la délivrance de
Sa Majesté pour proclamer un nouvel héri-
tier du trône des Stuarts. C'était le cérémonial des vieilles coutumes, et la cour de
Saint-Germain les observait régulièrement.

« Celui-là au moins ne trouvera pas d'incrédules, dit lord Melfort, et aucun acte du parlement ne déclarera sa naissance supposée.

— Souhaitons à cet enfant, de la foi, un renoncement aux choses de ce monde, s'écria le P. Péters avec un accent plein de componction! qu'il soit bon catholique! ne lui désirons pas la vaine ambition de conquérir un royaume! Le salut, voilà quelle doit être la première et l'unique pensée du prince chrétien.

— Déplorable désordre d'idées, ajouta le lord chancelier Herbert; lorsque les sujets ont secoué le joug légitime, ils ne s'arrêtent plus, et les assemblées se plongent dans le crime comme les individus.

— Et la reine est délivrée, s'écria le méde-

cin; une fille! une fille! et le roi embrassa
tendrement sa femme et l'enfant nouveau-né.

— Une fille! se dit tout bas le P. Péters,
hâtons-nous d'écrire à Londres. »

Le baise-main se fit ensuite, et chaque
pairesse par ordre de rang vint embrasser la
reine; Jacques pleurait de joie, et la vieille
duchesse de Shrewsbury s'écriait: « Je l'avais
bien dit, la race des Stuarts peut concevoir;
et n'ai-je pas le souvenir de Charles II dans
son château de Wodstoock! »

Toute l'assemblée était dans la joie; partout éclataient des témoignages et des félicitations bien désintéressés sans doute,
car il s'agissait d'une race déchue qui ne
pouvait plus récompenser les démonstra-
tions bruyantes.

Le roi Jacques se félicitait de l'heureux
événement qui donnait un nouveau rejeton
aux Stuarts, lorsque des dépêches pressantes
arrivèrent de Londres.

« Le parlement a-t-il proclamé le roi légitime? s'écria le lord chancelier.

— Le duc de Berwick est-il entré dans
Londres?» ajoutèrent plusieurs pairesses.

— La flotte et l'armée sont-elles à nous? »

Et le front du roi Jacques s'obscurcissait
par degrés.

« Qu'y a-t-il? qu'y a-t-il? se disait-on tout
bas.

— Que la volonté de Dieu soit faite, s'écria Jacques en parcourant la gazette de Londres. Milords et Miladys, lisez. »

Et lord Melfort lut à haute voix l'article suivant :

« James, duc de Berwick, accusé et con-
« vaincu de complot contre notre gracieux
« souverain Guillaume III, a été condamné
« pour haute trahison; mille guinées pour
« qui le livrera mort ou vif.

« *P. S.* Le duc de Berwick s'était réfugié
« dans le château de lord Russell; confor-
« mément aux statuts, il a été dénoncé
« aux constables par Milady Arabella Rus-
« sell, de la famille des Shrewsbury. »

Et l'on entendit un cri déchirant; une femme prononçait ces mots :

« Ma nièce! ma nièce Arabella! dénoncer un Stuart, un rejeton du prince légitime! Malédiction! malédiction! »

Cette femme était la douairière de Shrewsbury, tombée à la renverse et qu'on s'efforçait de faire revenir au moyen de grands flacons pleins de sels ; plumes, robes, tout était détaché et roulait à terre.

Et l'on ne tirait d'elle que ces mots :

« Ma nièce que j'avais élevée, ma nièce, une fille du noble manoir des Shrewsbury ! »

Et le roi, Jacques dans sa douleur, cherchait encore à la consoler; et l'assemblée s'écoula lentement; l'on entendait encore ces mots :

« Ma nièce, trahir un Stuart ! flétrir ainsi un nom sans tache depuis la con-quête ! »

# Les Déclarations.

—

Vivent les hommes politiques pour se sauver d'embarras! tandis que les casse-cous de guerre civile vont servir de pâture à toutes les potences de légitimité ou de révolution, les hommes à transactions pas-

sent à travers les événemens sans en être
froissés le moins du monde. A quoi bon
se briser? quel service rend-on à une cause
quand on est attaché bien haut à une
potence et qu'on sert de marche-pied à
l'agréable danse du bourreau de Madrid ou
de Séville?

Le malheureux duc de Berwick était traqué
dans une forêt, victime d'une entreprise har-
die ; et l'excellent M. L'loyd retournait à
Saint-Germain avec sa liberté et ses espérances, peinture vraie de ce qui se produit
toujours dans les révolutions.

« M. L'loyd arrive de Londres, vint dire
lord Merville au roi Jacques.

— L'loyd, M. L'loyd, sans Berwick ! s'écria
le roi, c'en est fait de mon fils ! »

Et il se prit à pleurer.

« L'loyd ? L'loyd ? que m'annoncez - vous ?
faut-il me résigner à une grande douleur ?

— Sire, le duc de Berwick est à l'abri ;
mais de plus grandes choses se prépa-
rent !

— De grandes choses ? »

Et le sourire revint sur les lèvres du roi
Jacques, prince qui se berçait d'espérances
et qui vivait d'illusions.

« C'est arrêté ; l'amiral Russell livre la
flotte, et Churchill l'armée !

— Russell ! que le saint nom de Dieu soit
béni !

— Tout est arrangé entre le duc de Marlborough et Russell, et dans trois mois l'Angleterre est à vous.


— Oui, l'Angleterre sera pour moi :
mais la déclaration, M. L'loyd ! c'est le
point difficile; que dois-je faire pour la
religion ? que puis-je promettre à mes
sujets non catholiques sans blesser ma
foi ?


— Sire, je vous ai envoyé le modèle de
la déclaration. Votre Majesté ne peut se le
dissimuler, c'est par le parti de Russell, plus
encore que par les francs jacobites, que la
restauration est possible !


— Qu'il est dur de subir de telles lois !
Voyons pourtant, L'loyd..... Que me demande-t-on ?

— D'abord, Sire, plus d'exceptions à l'amnistie; un pardon complet, absolu, l'oubli de toutes les offenses!

— Je ne suis pas bien sévère; mais enfin tout oublier! même les injures grossières des pêcheurs de Feversham!

— Tout, Sire.....; et comment de telles injures ont-elles pu arriver jusqu'à votre cœur? de misérables pêcheurs!

— L'loyd, vous ne savez pas jusqu'à quel point ils m'ont insulté; ne m'ont-ils pas poursuivi du nom d'*infâme papiste*. En fait-on pourtant une véritable condition?

— Oui, Sire!

— Eh bien, j'accepte!

— On demande à Votre Majesté l'immédiate convocation d'un parlement pour connaître et discuter les intérêts généraux de l'Angleterre.

— L'immédiate convocation, L'loyd! cela doit dépendre de ma prérogative : j'ai le droit incontestable de convoquer ou de retarder; on ne peut me le disputer; je convoquerai si je le trouve utile au pays; je ne dois pas y être contraint; autrement nous tombons dans l'abus des longs parlemens et de la souveraineté populaire.

— Le droit est pour vous, Sire; mais les précédens de votre race ont mis en garde contre les prérogatives de la couronne. On veut la convocation actuelle du parlement et son annualité.

— Mon père était resté dans la constitution ; ce n'est pas l'abus de la prérogative,
mais sa faiblesse et la trahison qui l'ont
conduit au martyre !

— Pourtant, Sire, c'est encore une condition.

— Je la subirai pour le moment, comme
tant d'autres.

— On veut l'exécution absolue du serment du *test !*

— Du *test*, M. L'loyd ! la loi la plus in-
juste, la plus outrageante ! une tyrannie
sur la conscience ! Que chacun soit libre
dans sa religion ; catholiques, protestans,
presbytériens ; qu'est-ce donc qu'une constitution qu'on appelle libre, et qui établit

une église hors de laquelle il n'est qu'oppression ?

— Plus on sait Votre Majesté favorable aux catholiques, plus on veut prendre des précautions à son égard; on n'oublie point les jésuites et le P. Péters.

— Les jésuites! et que voulaient-ils? comme moi la liberté de conscience, et le droit d'avoir quelques églises de leur ordre.

— D'abord quelques églises, puis des terres, puis la puissance tout entière.

— Calomnie, L'loyd : au reste, sur ce point de religion je ne puis décider seul; j'en ai confié la solution à M. l'évêque de Meaux et à l'abbé de la Trappe. »

Et en ce moment entrèrent deux hommes dont les costumes religieux attirèrent le respect du roi Jacques, qui fléchit un genou devant eux ; l'un portait le saint costume d'évêque ; l'autre, vêtu avec toute l'austérité d'un religieux réformé, s'enveloppait d'un grossier tissu de laine grise ; mais sa fière tête révélait des volontés absolues, impérieuses ; ses yeux frappaient de leur éclat ; il tenait en sa main un rouleau de papier ; le P. Péters les suivait.

« Non, Monseigneur, disait l'abbé de la Trappe (car c'était ce religieux vêtu de laine grise) à l'évêque, le roi ne peut faire des concessions aux hérétiques d'Angleterre ; la déclaration contient des impiétés ; Sa Majesté ne peut se dire le protecteur des évêques schismatiques sans protéger le schisme !

— Le roi renoncerait plutôt à mille couronnes que de faire un acte d'hérésie », ajouta le P. Péters.

Et le roi fit signe qu'il l'approuvait par un mouvement de tête.

« Vous interprétez mal la déclaration, M. l'abbé, dit l'évêque; le roi ne se déclare pas le protecteur de l'hérésie, mais il accorde une égale protection à tous ses sujets, ce qui est différent; les malheurs du temps et de la religion l'ont ainsi voulu.

— Protéger les hérétiques, continua le P. Péters, n'est-ce pas protéger l'hérésie? le roi perdra son âme en signant une telle déclaration.

— Perdre mon âme! dit Jacques en poussant un profond soupir; ah! plutôt perdre mille couronnes passagères et périssables! ah! saint abbé, je ne signerai pas!

— Votre Majesté fera ce qu'elle croira convenable, répliqua Bossuet avec un certain air de grandeur; mais qu'elle lise avant tout l'écrit que j'ai rédigé dans l'intérêt de sa cause et pour justifier la déclaration; je viens de l'adresser à Rome.

— Où il sera condamné, Monseigneur; car l'hérésie est un poison qu'il faut extirper, répliqua l'abbé de la Trappe avec un peu de colère.

— Eh bien alors je me rétracterai; mais je ne sache pas que le triomphe d'un roi catholique puisse favoriser l'hérésie en Angleterre.

— Eh oui, Monseigneur, si ce roi catholique venait la consacrer par sa déclaration!

— Mieux vaut le royaume céleste et la
protection de Jésus-Christ, dit le roi Jacques
d'un accent contrit.

— Avec cela, les lords, les communes
et l'armée, répliqua brusquement M. L'loyd
qui écoutait d'un air boudeur; ces dis-
putes nous font un grand mal; lord Churchill et sir John Russell sont hérétiques;
ils veulent servir le roi, et vous leur de-
mandez avant tout leur conversion!

— Ne serait-ce pas une plus belle con-
quête, d'avoir spirituellement ces âmes que
d'avoir politiquement leur service? dit le
P. Péters; n'occupez pas sans cesse l'esprit

et l'âme de Sa Majesté de la folle ambition d'une couronne !

— Et moi, Messeigneurs, dit M. L'loyd,
je fonde la cause du roi sur la victoire; l'armée navale de sir John Russell arborera le
drapeau des Stuarts, et puis nous verrons.

— Au nom du ciel! dit le roi Jacques,
songez à la déclaration ! c'est l'important.

—Votre Majesté viendra au camp de la
Hogue ?

— Non, le roi, dit le P. Péters, a des
devoirs à remplir; il doit une visite à la
Trappe; ne sommes-nous pas dans la Se-
maine-Sainte? ne doit-il pas toucher les
écrouelles, l'une de ses plus saintes prérogatives?

— Mon père, répondit Jacques avec un feu de gloire, j'irai à la Hogue, car partout où je retrouve de bons et loyaux sujets, il est de mon devoir de les commander.

— Ce n'est pas d'aujourd'hui que Votre Majesté a appris la victoire, dit Bossuet; qui ne se souviendrait du duc d'Yorck, sous la tente de Turenne et du grand Condé!

— Mais les devoirs envers Dieu! s'écria Péters.

— Dieu n'a-t-il pas mis le sceptre dans mes mains? reprit le roi Jacques.

— Vanité de la terre! continua le P. Péters, vous dominez encore dans ce cœur!»

# Confidence.

---

En sortant de cette conférence, un Anglais prit à part le P. Péters qui quittait le roi assez tristement, et l'entraîna dans le parc.

« Révérend Père, connaissez-vous ce scel?

— Du prince d'Orange.

— De lui-même!

— Et que me veut-il?

— Je sais tout, révérend Père, et ne dissimulez rien. Guillaume reconnaît les services que vous lui rendez ici; 10,000 florins sont déposés pour vous à Amsterdam; 20,000 autres vous seront donnés si vous accomplissez votre tâche.

— Que me veut le prince? »

Le P. Péters leva ses yeux qu'il tenait constamment baissés, regarda bien autour de lui; et quand il se fut assuré que personne ne pouvait écouter, il reprit :

«Et que me veut le prince d'Orange?

— Révérend Père, l'Angleterre est agitée; de quelque habileté, de quelques précautions dont le roi Guillaume entoure son gouvernement, il doit trembler toujours. Le parti des Stuarts a de la consistance; rien ne sera calme tant qu'il n'y aura pas une renonciation de Jacques au trône d'Angleterre pour lui et pour ses successeurs; le roi sait l'influence que vous avez sur son esprit; usez-en dans l'intérêt de Guillaume et de l'Angleterre.

— Une renonciation, Sir, la chose n'est pas facile!

— Rien n'est impossible à qui invoque le Ciel! Vous avez tant fait, révérend Père! et le prix est si grand ! voici la traite sur Amsterdam ; 20,000 florins ! »

Le P. Péters prit la traite, la tourna et retourna :

« L'abdication est une grande affaire, et je la tenterai : mais à qui récompense il faut rendre service ; or, Sir, voici la liste de tous les membres des lords et des communes qui sont en correspondance avec Jacques : ils sont nombreux et haut placés. Emportez-la pour la bonne gouverne du prince d'Orange.

— Cette liste est longue, en effet !

— Et de plus, savez-vous ce qui se passe ?

— Quoi ? révérend Père !

— Guillaume sera trahi dans la flotte; Parker et Russell lui-même sont dans le complot !

— Russell ! un wigh ! impossible !

— Aussi bien que vous êtes là, Sir; Jacques a ses lettres et en voici copie. »

Et l'émissaire rougissait de l'infâme rôle de ce prêtre, prostituant son cœur et sa robe, et machinalement il ne l'appela plus que du nom de Péters : tel est le cœur humain; il ne peut avoir des paroles de respect pour qui s'avilit.

« Péters, continua l'émissaire, l'abdication, et une double récompense ! »

Et le jésuite croisa les bras et fit un signe

I.                                                    19

de tête, comme les familiers de l'inquisition qui trahissent avec un sourire de grâce et de béatitude les malheureux qui déposent un secret dans leur sein.

Triste fatalité de trouver dans la plus grande et la plus sublime des religions des caractères qui l'abaissent ainsi aux plus viles passions de l'homme!

# La Bataille de la Hogue.

—

Et le roi Jacques se hâtait de préparer
ses équipages de guerre, glorieuse mémoire
du compagnon du grand Condé !

Vous souvenez-vous de ces belles gravures
de la bataille de la Hogue, de ces grands vais-

seaux avec ces hauts balcons, ces fanaux immenses, ces têtes de marins basanées sous leurs perruques et leurs habits à basques, ces couronnes d'Angleterre, ces soleils de France tout flamboyans, ces fortes poulaines en forme de victoire ou de renommée, ces chaloupes encombrées de marins, ces mille rangées de canons dont les coups se croisent et sillonnent les sabords épais?

Louis XIV avait donné sa parole au roi Jacques qu'il le replacerait sur le trône d'Angleterre. On avait vaincu bien des répugnances; les escadres de Toulon et de Brest devaient se réunir dans la Manche sous les ordres de M. de Tourville; une armée de débarquement se formait au cap de la Hogue. Jacques était enfin au comble de ses vœux; la brigade irlandaise, les gentilshommes d'Ecosse, sous le brave capi-

taine Ogilvie, marchaient vers la Normandie. Dans un conseil de Versailles, Louis XIV
avait hautement manifesté la volonté d'en
finir avec le prince d'Orange. C'était un
des grands jours de M$^{me}$ de Maintenon ; il
y avait foule chez elle, et M. de Lauzun
paraissait fort animé dans une causerie avec
la favorite.

« En vérité, M. de Lauzun, c'est donc un
vœu de chevalerie? dit M$^{me}$ de Maintenon
avec un de ces sourires qu'elle n'accordait
qu'à ceux qui avaient eu ses anciennes fa-
veurs ; vous voulez donc reconduire la reine
d'Angleterre à Londres ?

— Oui, de la chevalerie, belle Madame ;
j'aime à finir les romans que j'ai com-
mencés, et celui-ci est long, car il date de
la Boyne.

— Votre vie est toute de merveilles, M. de Lauzun ; il ne vous manque pour ressembler complètement à un ancien preux qu'un peu de foi, plus de pratique et la pensée du salut.

— Vous prierez pour moi, Madame, et vous savez tout ce qu'une femme peut.

— Et surtout lorsque cette femme est reine d'Angleterre.

— Reine d'Angleterre ou de France, répliqua M. de Lauzun avec un sourire expressif, elles ont toutes une grande puissance sur moi. »

Et M<sup>me</sup> de Maintenon le remercia d'un regard plein de souvenirs.

Louis xɪv entra chez la favorite pour son

travail avec les ministres à département;
M. de Lauzun allait se retirer; M<sup>me</sup> de Maintenon le retint :

« Le roi vous permet de rester, M. de
Lauzun; vous pouvez nous donner des ren-
seignemens sur l'expédition d'Angleterre. »

A huit heures et demie arrivèrent MM. de
Pontchartrain et Barbezieux; M<sup>me</sup> de Maintenon leur fit signe de la tête qu'ils pouvaient
s'asseoir; ils ouvrirent un grand portefeuille
de maroquin rouge pour expédier les affaires.

« Quand est donc partie mon escadre de
Toulon? dit le roi.

— Le 22 à quatre heures; elle arrivera
dans la Manche le 6 ou le 7 du courant;

M. de Tourville doit faire sa jonction avec
l'escadre de Brest ; l'attaque pourra avoir
lieu à forces égales.

— Le roi Jacques a-t-il conservé des intel-
ligences avec l'amiral John Russell ? a-t-on
l'assurance qu'il se joindra à la cause légitime ? que disent vos dépêches, M. de Pontchartrain ?

— Nous sommes sûrs de l'amiral Russell et de Fitz Parker qui commande l'escadre bleue d'avant-garde ; M. de Tourville offrira le combat ; sir Parker se sépa-
rera de la flotte ; nous passerons à travers,
et les troupes opéreront ensuite le débarquement.

— Sont-elles bien nombreuses ces
troupes ?

— Quels régimens envoyons-nous là ? dit
M<sup>me</sup> de Maintenon.

— Vingt-deux mille hommes, répondit
M. de Barbezieux : Bourgogne, Provence,
Guienne et Beaujolais infanterie; deux régimens de dragons et dix escadrons de cava-
lerie, sans comprendre le beau corps de volontaires et la brigade irlandaise; tout le
monde est à son poste, et je suis étonné de
voir ici M. de Lauzun.

— En effet, Lauzun, dit le roi, vous êtes
un peu en retard.

— C'est qu'il n'y a pas de reine à sauver,
ajouta en souriant M<sup>me</sup> de Maintenon.

— Avec de bons chevaux on va vite et

loin ; demain au soir je serai au camp de Normandie.

— Je l'entends ainsi, répliqua le roi ; aucun gentilhomme ne peut manquer au jour du débarquement, et vous, Lauzun, moins que tout autre.

— J'ai prouvé, Sire, mon dévouement à la cause du roi Jacques ; je ne cède le pas à aucun ; je cours prendre congé de la reine d'Angleterre ; mes chevaux sont sellés, et je m'élance à franc étrier.

— M. de Lauzun, quelle est la force de la brigade irlandaise ?

— Six mille hommes, Sire, tous de braves et francs soldats.

— Catholiques et fidèles, ajouta M^me de Maintenon ; le corps de volontaires écossais est-il également redoutable ?

— Il est moins discipliné, Madame, mais non moins courageux et non moins fier à l'ennemi ; M. de Barbezieux le sait d'ailleurs : ignore-t-il ce que les fiers montagnards et le capitaine Ogilvie ont fait sur le Rhin ? Braves gentilshommes, ils ont glorieusement payé de leur sang le souvenir de l'Ile des Ecossais *.

— Et les orangistes ?

— De braves soldats également, et leur chef tout aussi brave qu'eux ; le prince d'Orange est un cœur de bonne race sur le

---

* Ile qui a retenu ce nom sur le Rhin, par suite des beaux exploits des gentilshommes écossais.

champ de bataille; puis il a des Français avec lui !

— Mais hérétiques », répliqua M<sup>me</sup> de Maintenon.

Et M. de Lauzun sortit pour aller prendre congé de la reine d'Angleterre; il galopa bon train, car il traversa dans moins d'une demi-heure tout l'espace qui sépare Versailles de Saint-Germain; la route était un peu embarrassée par la construction toute récente de l'aquéduc qui conduisait les eaux de Marly aux conques et aux bassins du grand palais; un bataillon du régiment de Champagne déblayait le passage, et le cheval de M. de Lauzun eut quelques peines à le franchir.

Le château de Saint-Germain était plus

silencieux que de coutume; le roi Jacques était parti depuis la veille pour le camp de Normandie; la plupart des gentilshommes l'avaient suivi; il ne restait plus que la suite de la reine et du prince de Galles. M. de Lauzun se fit annoncer, et la reine l'admit dans ses propres appartemens; elle était étendue sur un lit de parade et paraissait triste et fatiguée :

« Oh! qu'il est bien à vous, M. de Lauzun, d'avoir songé à celle pour qui vous faites tant, et qui vous doit tout!

— Je n'accepte pas vos éloges, Madame; tout gentilhomme français eût fait en pareil cas ce que j'ai eu le bonheur de faire; quoi d'extraordinaire à sauver une femme, une femme souffrante, malheureuse, une reine persécutée par la fortune?

Ai-je accompli autre chose que mon devoir? »

Et la reine tendit la main à M. de Lauzun qui la baisa avec tendresse; il y avait dans ses mouvemens et ses gestes quelque chose de plus puissant et de plus animé que l'expression d'un respect chevaleresque.

La reine d'Angleterre n'était plus jeune, mais elle était belle encore; elle devait tant à M. de Lauzun qui l'avait sauvée de mille périls et l'avait transportée mourante à travers les flots !

Etait-ce simple dévouement? moi qui ai vu et lu beaucoup de chroniques, je ne pourrais me prononcer. Si vous voulez justifier la chasteté de la reine d'Angleterre, je vous conseille de lire son oraison

funèbre; peut-on douter de la vertu d'une
reine d'après une oraison funèbre? M. de
Lauzun quitta Saint-Germain très-tard, et
les pages glosèrent beaucoup sur cette en-
trevue.

Il allait, l'aimable duc, au camp de la
Hogue, dessiné sur une hauteur d'où se dé-
ploie au loin la grande mer. L'Océan est un
beau spectacle lorsqu'on le voit avec ses immenses vagues qui ressemblent à des monta-
gnes légèrement recouvertes de neige. Le camp
de la Hogue n'était pas loin du rivage où se
trouvaient des navires d'embarquement; ils
devaient porter Jacques II et sa fortune. Le roi
d'Angleterre était arrivé au camp, salué par
toute l'armée; on savait que M. de Tourville
était sorti de Brest avec la flotte, et que
l'escadre de Toulon se joindrait à lui devant
la Hogue; déjà l'on avait vu pointiller des bâ--

timens légers, avant-garde de l'amiral Russell, et M. L'loyd, qui avait suivi l'armée, affirmait que ces bâtimens ne venaient là que
pour préparer les moyens de favoriser le
débarquement du roi légitime.

La mer était belle : toutes ces tentes sur
le rivage ressemblaient à une ville animée;
de gros canons sur leurs immenses affûts,
ce mélange de troupes écossaises, anglaises,
huit escadrons de dragons, quatre ou cinq
régimens de troupes françaises composaient
le camp; la troupe devait agir et s'embar-
quer après la dispersion de la flotte anglaise.
On avait construit tout exprès pour Sa Majesté le roi d'Angleterre un camp très-ex-
haussé, pour qu'elle pût voir les opéra-
tions maritimes. Jacques, excellent homme
de guerre, marin expérimenté, reconnais-
sait le moindre navire, son capitaine, et

jugeait les évolutions avec une grande jus-
tesse.

Voilà le duc de Lauzun sur la route de
Normandie; il était vêtu à la manière des
chasseurs anglais, habitude qu'il avait con-
tractée pendant son long séjour à Londres;
il avait derrière lui une espèce de meute de
chiens haletans, deux jokeys en guise de
pages; un coureur le précédait et il allait à
franc étrier, changeant de chevaux à chaque
relai, et donnant au postillon qui attelait
une pistole de Louis xiii, petite pièce d'or
dont se servait alors la noblesse pour ne pas
déroger.

Les volontaires dont M. de Lauzun était
colonel prirent les armes et firent le salut
militaire; le camp était à peu près désert; il
n'y avait que les grand'gardes; la foule s'é-

tait portée sur les rochers qui bordent le rivage à la Hogue. La flotte anglaise paraissait
magnifique dans le lointain, et M. de Tourville, quoique l'escadre de Toulon ne l'eût
pas encore rejoint, manœuvrait dans le dessein d'attaquer l'amiral Russell. Tous les officiers blâmaient les manœuvres de M. de
Tourville ; lui seul persistait à aborder ;
quelques uns disent que c'était fanfaro-
nade de gentilhomme, pour ne point fuir
avec l'immense *royal-soleil* devant le pavillon anglais ; d'autres affirment qu'il comptait sur la désertion de l'amiral Russell ou
tout au moins de Parker qui commandait
l'escadre bleue ou l'avant-garde.

Et le roi Jacques tout agité s'écriait :

« Fausse manœuvre de Tourville ! comment attaquer sous le vent de toute mon

escadre! tournez de bâbord; quels pauvres marins! folie vaniteuse des Français! Lauzun, voyez cela! braver mon drapeau avec la moitié de navires! Tous mes Anglais sont à leur poste; bon feu! diable de gens! à l'abordage! à l'abordage! »

Je regrette une chose dans ma vie, c'est de n'avoir point assisté à un combat naval; qu'est-ce qu'une bataille comparativement à ce choc de deux escadres où tout menace l'homme : la mer, les vents, un éclat de bois, le canon, la mitraille sans compter cette terrible sainte-barbe, volcan de salpêtre qui vous renvoie au besoin à quelques milles dans les airs! Un vieux marin est pour moi un être surnaturel, et quand il me raconte ses campagnes, il m'apparaît comme Ulysse faisant le récit de ses merveilleuses aventures.

Le combat était terrible et noblement en-
gagé. Dès les premiers coups de canon, l'a-
miral Parker avait été tué, et avec lui s'é-
taient ensevelis les projets de trahison;
l'escadre bleue foudroyait le pavillon de
France. M. de Tourville avait à peine la
moitié des navires de l'amiral John Russell;
et loin que celui-ci fît le moindre mouvement qui annonçât le désir et la volonté
de se réunir à l'escadre de France, il manœuvrait pour couper toute retraite à M. de
Tourville.

Sur le rivage, le roi Jacques suivait toujours les mouvemens de la grande bataille
navale; sa poitrine anglaise se soulevait en
voyant ses braves matelots assaillir l'escadre
de France qui pourtant défendait sa cause.

« Voyez, L'loyd, s'écriait-il encore, voyez

Lauzun; voyez mes braves Anglais! il n'y a que mes marins anglais capables de tant de courage; voyez comme ils abordent par le gaillard d'avant; pas un coup de canon ne porte à faux. Allons! allons! braves enfans, valeureux compagnons! »

Et il les animait du geste comme s'ils avaient pu l'apercevoir des sabords en feu.

M. L'loyd était inquiet; la bataille était perdue; M. de Tourville et douze vaisseaux au Soleil de France étaient échoués sur le rivage. Le roi Jacques, avec sa vieille expérience, faisait dire à l'amiral français : « Jetez des troupes de terre dans les navires échoués pour les défendre; mes braves Anglais vont les brûler, si vous ne les défendez pas vigoureusement. »

' Et en effet une décharge générale des canons, et les flammes s'élevant jusqu'aux
cieux, signalèrent que c'en était fait des
douze vaisseaux de France!

M. L'loyd tout pensif s'approcha du roi,
et lui dit à voix basse :

« Russell n'a point tenu ses engage-
mens!

— Le drapeau anglais triomphe, s'écria
Jacques plein de feu et de joie; le drapeau
anglais triomphe ! »

Que pouvait-il s'être passé ? Comment
l'amiral Russell avait-il changé de résolution ?
comment avait-il abandonné ses intentions
favorables au roi Jacques?

Il s'était trouvé une femme qui lui avait dit sur le rivage en s'embarquant :

« John Russell! je sais tous vos pro-
« jets en faveur de Jacques Stuart! Vous
« allez abaisser le drapeau d'Angleterre
« et son roi! Et pour qui? pour une
« race qui ne sait que tromper et trahir!
« pour une race qui a produit le duc de
« Berwick! »

Cette femme, ai-je besoin de la nommer? c'était lady Arabella Russell!

Et le cœur du vieux amiral s'était encore soulevé à l'idée d'une lâcheté en face du pavillon de France.

Patrie, gloire, que sont auprès de vous

quelques souvenirs de dynastie, quelque
antique et noble attachement de blason
ou de manoirs!

# TABLE DES MATIÈRES

CONTENUES

## DANS LE TOME PREMIER.

———